안녕, 엘레나

김인숙 소설집

안녕, 엘레나

창비

차례

- 안녕, 엘레나   7
- 숨-악몽   35
- 어느 찬란한 오후   63
- 조동옥, 파비안느   89
- 그날   121
- 현기증   151
- 산너머 남촌에는   181

해설·정여울   205
작가의 말   224
수록작품 발표지면   227

안녕, 엘레나

가을에 여행을 떠나는 친구에게 내 자매를 찾아달라고 부탁했다. 큰 나무가 서 있는 홍대 앞의 노천까페에서였다. 가을로 접어들었으나 아직 늦더위가 심해 노천의 테이블에는 손님들이 없었다. 친구와 나는 땀을 흘리며 얇은 피자를 먹었다. 빵이 주식인 나라로 여행을 떠나는 친구는 피자를 먹자는 내 말이 마땅치 않은 듯했다. 그러나 음식이 나왔을 때는 나보다 더 잘 먹었다. 얇은 피자 한판과 함께 생맥주 몇잔이 비워졌다. 어둠이 내려앉으면서 등불이 켜지고, 늦더위로 인해 아직 단풍이 물들지 않은 나뭇잎들 사이로 등불의 노란빛이 스며들었다. 불빛 아래에서 푸른 나뭇잎의 결들이 세심하게 살아났다. 어두워지면서 더위가 식자, 노천의 테이블에도 사람들이 늘어났다. 빈 그릇인 채로 오래 자리를 차지하고 앉아 있기가 미안해 다시 맥주를 한잔씩 시켰지만, 마지막 잔에는 거의 입을 대지 않았다. 친구나 나나 취하도록 술을 마시는 것을 별로 좋아하지 않았다.

그래줄 수 있겠어?

자매를 찾아달라는 말은 무심한 듯 흘러나왔지만, 그래줄 수 있겠느냐는 말에는 억지가 느껴졌다. 취하지 않았다고 생각했으나, 별수없이 술기운이었을 것이다. 친구가 낄낄거리며 웃었다. 어쩌면 그 역시 취해 있었는지 모른다.

친구는 삼년 동안 다니던 회사에 사표를 내고, 그 퇴직금으로 해외여행 떠날 결심을 했다. 여행을 떠나겠다는 결심이 먼저였는지, 회사에 사표를 낸 것이 먼저였는지는 알 수 없었다. 어떻든 그 일은 거의 동시에 이루어졌다. 친구는 퇴직금을 수령하자마자 아직 기간이 남아 있는 카드의 할부금을 한꺼번에 청산하고, 그후에는 노스페이스 배낭이며 침낭, 점퍼 들을 일시불로 사들였다. 하루종일 인터넷을 뒤적여 여행정보를 모으고, 싼 티켓값 등을 알아보기도 했는데, 나중에 더 싼 정보를 알아내는 바람에 수수료를 물고 환불하는 경우도 적지 않았다. 더 싼 항공표와 더 싼 숙소는 어떤 경우에도 취소가 불가하다는 경고와 함께 예약이 되었다고 했다.

중요한 것은 캔슬이 안된다는 거야.

출발 날짜가 가까워오면서 친구가 입에 달고 산 말이었다. 나는 그의 말에 어김없이 고개를 끄덕였다. 캔슬 불가…… 새삼스러울 것이 뭐 있겠는가. 우리 인생이란 게 원래 그러한데.

어려서 나는 자주 집에 늦곤 했다. 아버지가 정해놓은 귀가시간을 맞추는 것이 나로서는 여간 힘든 일이 아니었다. 나는 늘 일찍 들어가려고 노력했으나, 아무리 애를 써도 늘 이십분 삼십분씩 지각이었다. 때때로 아버지는 문을 열어주지 않았다. 나는 아파트 계단참에 서서 십이층 아래의 주차장을 내려다보곤 했다. 등뒤에서는 엘리베이터가 묵중한 기계음을 내며 오르락내리락했는데, 그 소리가 내 등을 문지르는 듯했다. 대학교에 입학하고 얼마 지나지 않아서의 일이었다. 그때 내 귀가시간은 열시로 정해져 있었는데, 집에 도착하니 열시 오분이었다. 아버지는 문을 열어주지 않았다. 겨우 오분 늦었을 뿐인데! 나는 아파트 철제문을 주먹으로 쾅쾅 두드렸다. 나중에는 발로 차기까지 했는데도 문은 열리지 않았다. 집에는 아무도 없었던 것이다.

아버지는 그날 아무 연락도 없이 자정이 넘어서야 돌아왔다. 아마도 오기 때문이었겠지만, 거의 한시간 가까이나 집밖에서 버티다가 마침내 열쇠로 문을 열고 들어온 나는 아버지의 늦은 귀가가 화가 나서 견딜 수가 없었다. 아버지가 미안해진 틈을 타, 이참에 귀가시간의 규율을 깨야겠다는 생각도 있었을 것이다.

나는 오분을 늦었을 뿐인데, 아버지는 두 시간을 늦었어요. 나는 한시간 동안이나 밖에 서 있었다고요!

아버지는 물끄러미 나를 바라봤다. 노여움도 없었고, 미안함도 없는 얼굴이었다.

그렇구나. 그럼 앞으로는 항상 네 인생의 오분을 생각하도록 해라.

그것은 혹시 아버지의 농담이었을까. 아버지는 당신이 농담을 아는 사람이라고 생각했다. 상황에 맞지 않는 은유를 터뜨려놓고, 홀로 배를 잡고 웃는 동안, 듣는 사람은 속이 거북해지곤 했다. 그러나 그날 아버지는 웃지 않았다. 그날, 아버지가 당신의 생애 마지막 사업을 접었고, 그로부터 죽는 날까지 당신은 영원히 실업자로 살아가리라는 결심을 했다는 것을 나는 나중에야 알았다. 그런데 내 인생의 오분이라니…… 만일 내게 그만큼의 시간이 더 주어졌다면, 그러니까 내가 오분만 일찍 집에 돌아왔더라면, 나는 아버지의 결심을 막을 수 있었을까. 그런 일은 일어나지 않았을 것이다. 어떤 경우의 일들은 애당초 후회나 반성이라는 것이 무의미했다. 하물며 취소와 환불이라니…… 나는 더이상 그런 헛된 꿈은 꾸지 않는다. 그러니까 내 인생의 오분도, 결국 캔슬 불가인 것이다.

친구가 여행지에서 첫번째 메일을 보내온 것은 출국 후 보름쯤 뒤의 일이었다. 메일 제목은 '우아―, 인터넷이 된다'였고, 첨부파일이 붙어 있었다. 석 장의 사진파일이었는데, 제목이 엘레나1 엘레나2 엘레나3이었다. 첨부파일을 열어보기 전에 메일 내용을 먼저 읽었다. 짧은 메일이었다.
야, 여긴 엘레나투성이야. 여기도 엘레나, 저기도 엘레나.
길지 않은 메일의 끝에 ㅋㅋㅋ가 붙어 있었다. 친구가 장난을 치고 있다는 생각이 들어 파일을 열어보니, 엘레나1은 친구와 웬 백인 소녀가 여행지에서 함께 찍은 사진이고 엘레나2는 그 소녀가 중년의 백인 여성과 나란히 앉아 있는 오래된 사진을 다시 카메라로 옮긴 것이었다. 아마도 소녀의 지갑에 있던 사진을 찍은 듯했다. 엘레나3은 거리의 키오스크를 찍은 것인데, 신문을 파는 여인이 카메라 앵글을 향해 활짝 웃고 있었다. 나는 그 사진들을 노트북 화면에 나란히 띄워놓고 한참동안 들여다보았다. 친구가 보낸 메일의 내용이 너무 짧아서 그 사진들을 이해한다는 것이 나로서는 거의 불가능한 일처럼 여겨졌다.

 여행을 떠나기 전에 나는 친구에게 내 자매를 찾아달라고 말했다. 취해서 한 소리라기보다는 농담에 가까운 말이었다. 그랬으리라는 생각이 든다. 오래전에 아버지는 원양어선을 타는 선원이었다. 내가 기억할 수 없는 시절의 일이었으니, 그것조차도 어쩌면 아버지의 농담에 지나지 않았을지 모른다. 그러나 내가 한참 큰 뒤에도 아버지는 술만 마셨다 하면 그 시절의 무용담들을 늘어놓았는데, 반년 혹은 일년씩 남극해에 머물며 오징어를 잡아올리던 젊은 선원의 이야기는 어린 내게는 늘 낭만적으로 들렸다. 나는 내 눈으로 바다를 보기도 전에 아버지의 기억에 있는 바다를 먼저 알았다. 내 상상 속의 바다에는 얼음이 둥둥 떠 있었고, 그 얼음덩어리들 사이로 붉은빛 몸통의 오징어들이 떼지어 헤엄을 쳤다. 외롭지, 정말 외로운 거야. 이야기의 한토막이 끝날 때마다 아버지는 추임새처럼 그런 말을 덧붙였다. 아침에 나가 저녁에 돌아오는 항해가 아니라 몇달 동안을 내리 바다에 떠 있어야 하는 항해에는 사실 낭만 같은 것은 전혀 없었을 터이다. 초급선원들은 뱃멀미와 고독과 툭하면 날아오는 폭력을 견디지 못한 끝에 스스로 바다에 몸을 던지기도 했는데, 고작 배터지게 물만 먹은 채 그물로 건져지곤 했노라고 아버지는 웃음을 터뜨리며 말하기도 했다.

　내가 바다를 처음 본 것은, 내 또래의 아이들보다도 한참이나 늦어서, 거의 열살이나 되어서였다. 얼음이 떠 있지 않은 바다에는 유영하는 오징어도 없었고, 고독한 선원들이 타고 있는 어선도 없었다. 그러나 그물은 있었다. 선착장에 늘어앉은 여인들이 머릿수건을 쓰고 그물을 깁고 있었다. 그들 중 아름다운 여인은 하나도 없었다. 생애처음 본 바다의 기억보다도, 그물 깁던 여인들의 주름지고 햇볕에 그을린 얼굴이 기억에 더 선명한 것을 보면 아버지가 술취해 한 말 중 가장 인상깊었던 것은 역시 엘레나 이야기인 모양이었다.

　거기 항구의 엘레나는 다 내 새끼들이야. 가여운 것들…… 내가 씨만 뿌리고 왔으니, 크는 건 지들이 알아서 크겠지.

　아직 어머니와 함께 살 때의 일이었다. 아버지가 그런 말을 할 때마다 어머니는 코웃음을 쳤다. 마치 굵은 코를 풀어내듯이 흥흥거리는 어머니의 코웃음 소리를 들으며, 나는 어머니가 나처럼 그 이야기들을 재미있어한다고 생각했다. 기억이 가물가물하긴 하지만 그랬던 것 같다.

　나는 밤마다 나와는 피부색이 다른 자매와 함께 있는 꿈을 꿨고, 그녀와 해독할 수 없는 언어로 이야기를 나누곤 했다. 어린 아이의 꿈답게 우리가 있는 곳은 만화 속에서나 나올 법한 첨탑이 뾰족한 성이거나, 알프스의 초원 같은 곳이었다. 그런데 알프스에 초원이 있나? 아무튼 내 꿈에서는 그러했다. 꿈을 깨면 왠지 가슴이 먹먹하곤 했다. 유년에 내가 가출을 꿈꾼 적이 있었다면, 아마도 그것은 지구 반대편에 있다는 내 자매를 찾아가기 위해서였을 것이다.

　원양어선을 타는 남편과, 그 남편을 기다리며 홀로 새끼들을 키운 아내는 사이가 원만하지 못했다. 남편은 자신이 부재한 동안의 아내의 행실을 의심했다. 설상가상으로 아내는 남편의 통장으로 입금된, 남편으로서는 구경도 해보지 못한 돈을 이런저런 명목으로 털어먹곤 했다. 가게를 냈다가 망했고, 높은 이자로 누구에게 꿔줬다가 떼먹혔고, 남편이 없는 동안 혼자 낳은 새끼가 뇌수막염이라고 해서 또 그 병원비로 돈을 모두 털어넣었다. 아버지는 그야말로 분노에 차서, 어머니의 머리채를 휘어잡고, 그 머리를 주먹으로 때리고, 그러고는 집밖으로 내쫓았다. 어머니는 날린 돈이 너무 커서 그런 정도의 대접은 당연하다는 듯이 문앞에 쭈그리고 앉아 있거나, 혹은 집앞 구멍가게에서 산 빙과를 멍든 얼굴에 대고 멍하니 서 있곤 했다. 그럴 때의 어머니 얼굴은 아버지가 부재할 때의 그 빛나던 얼굴이 아니었다. 어머니는 어디에서나 잘 웃고, 누구에게든지 친절한 사람이었다. 구멍가게에 파 한단을 사러 나갔다가도, 낯모르는 남자 손님과 평상에 앉아, 그 손님이 사주는 빙과를 까먹곤 했다. 어머니는 원양어선을 타는 남편 이야기를 했고, 누가 보든지 가슴이 저릴 만큼, 그리움으로 사무친 얼굴을 해 보였다. 때때로 어머니는 낯선 손님 앞에서 눈물을 흘리기도 했는데, 그리움이란 어쩌면 그렇게 빛이 나는 것일까. 그럴 때의 어머니 얼굴은 뜨거운 물에 데쳐지기 전의 오징어처럼 윤기가 흘렀다.

어린시절에 살았던 마당 있는 집에는 라일락 나무가 있었다. 보라색 꽃잎이 폭죽처럼 피어나는 봄날이면, 그 꽃잎이 어머니의 머리와 어깨에도 내려앉았다. 집 안이 온통 진한 향내로 가득 찼다. 아버지는 당신이 정박했던 항구에 피어나던 하까란다 꽃잎에 대해서 이야기했다. 배에서 내리면 항구가 온통 보랏빛으로 물들어 있었노라고, 꽃잎이 떨어져 거리가 온통 보랏빛 융단을 깔아놓은 듯했노라고. 진홍색과 노란색 꽃이 피는 라빠초 나무에 대해서도 이야기했다. 어머니와 나는 상상으로만 그 꽃들을 보았다. 아버지가 뇌수막염으로 죽은 아들의 마지막을 상상으로만 보았듯이. 우리는 모두 라일락 나무를 바라보며 꿈을 꾸었다. 마침내 아버지가 벌떡 일어나, 그런데 네가 내 돈을 다 날려버렸다는 거지, 외치며 어머니의 머리채를 휘어잡기 전까지는. 하기는, 그 행동조차도 너무 느닷없어서, 벌레처럼 몸을 웅크린 어머니가 매를 맞는 모습조차도 꿈같았다. 매를 맞느라 출렁이는 어머니의 머리카락 사이에서 라일락 꽃잎인지, 하까란다 꽃잎인지 모를 것이 같이 흔들렸다.

라일락 나무가 꽃을 피워낼 때마다, 어머니는 아버지가 아주 돌아오지 않았다면 어땠을까를 생각하는 듯했다. 그러니까 당신으로서는 결코 알 수 없는, 상상할 수도 없는 그토록 먼 항구에서 '엘레나'를 끌어안고 '엘레나'들을 돌보며 아버지가 아주 돌아오지 않았다면…… 하까란다가 피고 라빠초가 지는 것을 보면서 아버지가 그곳에서 살았다면, 그러면 어머니의 인생은 더 행복하지 않았을까.

친구는 다시 메일을 보내왔다. 이번에도 첨부파일이 붙어 있었다. 엘레나4, 엘레나5.
엘레나4의 사진 속에서 친구는 어린 소녀들과 버스터미널의 의자에 앉아 있었다. 시골 터미널에서 관광객을 상대로 기념품을 파는 아이들인 듯싶었다. 아이들이 앉아 있는 의자 아래에 끈으로 만든 팔찌와 나무장식과 생수병 들이 보였다. 어느새 얼굴이 검게 그을린 친구의 양옆에서 아이들은 활짝 웃지 못하고, 당황한 듯 수줍게 웃고 있었다. 친구가 떠난 후, 내가 사는 곳에는 겨울이 왔지만, 사진 속의 친구는 민소매를 입고 있었다. 아이들은 긴 팔에 짧은 치마를 입었고 맨발이었다. 사진을 찍기 위해 모자를 벗은 듯, 머리가 눌려 있었다. 엘레나5에서는 친구가 빠지고, 두 소녀만 찍혀 있었다. 햇살을 피해 그늘에 앉아 있는 모습이었다. 원주민과 혼혈인 듯 검은 피부에 까맣고 큰 눈동자를 가진, 참으로 예쁘게 생긴 아이들이었다.
그런데 둘 중의 누가 엘레나일까? 설마 둘 다 엘레나일까? 친구는 멈추지 않고 메일을 보냈다. 한번인가는 한꺼번에 다섯 개의 첨부파일을 붙이기도 했는데, 그중에는 파파할머니가 앞니가 전부 빠진 얼굴로 함죽 웃는 사진도 있었다. 눈에 확 뜨일 만한 미인이 털이 하얀 개와 함께 찍은 사진도 있었다. 그 사진을 보면서 나는 폭소를 터뜨렸다. 설마 개가 엘레나일까? 그럴 리야 없겠지만, 또 그러지 말란 법도 없었다. 첨부파일 가운데 하나는 사진으로 찍힌 짧은 메모였다. 여행자용 포켓사전의 메모지를 찢어 쓴 글이었는데, 문법에 맞지 않는 영어로 씌어진 글의 내용은 이러했다.

"내가 너의 씨스터야. 날 한국에 초대해주겠니?"

나는 또 웃음을 터뜨렸다. 이 메모를 쓴 엘레나는 어느 엘레나일까? 나는 친구가 보내온 파일들을 사진관에 가서 인화했다. 디지털카메라로 찍은 사진을 내 손으로 인화해보기는 처음이었다. 나는 그 사진들을 벽에다가 붙였다. 낯선 곳 한여름의 풍경이 내 방 안으로 스며들었다. 그리고 몇명의 엘레나가 활짝 웃거나 수줍게 미소띤 얼굴로 나를 바라보았다. 그중에는 개와 메모도 있었다.

친구가 전세계를 여행하는 것이 아니어서 다행이라는 생각이 들었다. 그랬다면 전세계의 엘레나를 찍어 보냈을 것이다. 엘레나라는 이름이 트로이전쟁의 원인이 된 그리스신화의 헬레네로부터 비롯되었다는 것을 나는 친구의 메일을 받아보는 와중에 알게 되었다. 인터넷 검색을 통해서였다. 제우스의 딸로 그리스에서 가장 아름다운 여인이었던 헬레네는 트로이전쟁 후, 스파르타에서 죽을 때까지 행복하게 살았다. 또다른 전설에 따르면, 교수형에 처해졌다고도 한다. 백과사전은 과연 백과사전이어서, 남편을 배신하고 연인을 따라 트로이로 도망갔던 헬레네는 그 여인을 소망한 연인의 환상이었다는 전설도 소개하고 있다. 엘레나라는 이름은 영국에서는 헬렌, 프랑스에서는 엘렌, 독일에서는 헬레나라고 불린다는 설명도 붙어 있었다. 그 대목에서 나는 하, 하고 가벼운 숨을 내쉬었다. 이 정도면 과연 위 아 더 월드가 아닌가. 친구가 보낸 사진들 속에서, 나 역시 한순간에 위 아 더 월드가 된 기분이었다.

 친구가 회사를 관두고 여행을 떠난다고 했을 때, 나는 처음에는 그 말을 잘 알아들을 수가 없었다. 그러니까 여행을 가기 위해 회사를 그만둔다는 뜻인가? 그럴 수도 있는 것일까?
 나로 말하면 그만둘 직장도 없었고, 당연히 퇴직금 같은 것이 있을 리 없었고, 따라서 몇개월이나 이어지는 배낭여행 같은 것은 꿈도 꿀 수 없었다. 대학을 졸업하고 몇군데의 직장을 다녔지만, 그 모두가 임시직이거나 비정규직에 지나지 않았다. 좋은 대학을 나오지도 못했고, 어학연수를 다녀온 것도 아니고, 남이 가지지 않은 것은 고사하고 남들 다 가진 자격증조차 내게는 없었다. 그럴 수 있는 형편이 되지 않았다. 아버지가 실업자가 된 후, 당장 내 용돈은 내가 벌어 써야 하는 상황이 되었다. 아버지는 다시는 취업을 하거나, 사업을 벌이거나, 투자를 하거나, 아무튼 어떤 방식으로든 돈을 벌 여지가 없었기 때문에 지출의 규모를 줄이는 것이 급선무였다. 대학을 졸업할 때까지 학비는 대줄 테니, 나머지는 네가 알아서 해야겠다고 아버지가 말했다. 외국에서는 스무살이 되기도 전에 다들 독립을 한다고 덧붙이기도 했는데 그 절박한 말을 절박하게 할 줄 몰라서 코를 찡긋거리며 농담처럼 했다. 그리고 아버지는 혼자 웃었다.

그것이 내가 대학교 일학년 때의 일이었다. 재수를 해서 대학에 들어갔으니, 그때 내 나이 만으로 쳐도 이미 스무살이었다. 학비까지는 아니고 기껏해야 용돈 정도는 스스로 알아서 벌어 쓰라는 것이었지만, 그것만으로도 나로서는 대단한 충격이 아닐 수 없었다. 나는 아직 보살핌을 받아야 할 나이라고 생각했는데, 바로 직전까지만 하더라도 더이상 아버지한테 간섭 따위를 받을 나이는 아니라고 생각한 것과는 완전히 상반된 것이었다. 그러나 어느 쪽이든 절박하기는 마찬가지였다. 열리지 않는 문밖에 서 있거나, 아무도 없는 빈집에 있거나, 고독하고 두렵기는 마찬가지였다.

어머니와 이혼한 후, 아버지는 혼자서 나를 키웠다. 내가 중학교에 입학하던 무렵부터의 일이었다. 어린 딸도 아니고 사춘기에 접어들기 시작한 딸을 덜컥 떠맡은 것은, 아버지의 오기가 빚어낸 비극적인 결말에 지나지 않았다. 이혼할 때 아버지는 어머니가 원하는 그 무엇도 해주고 싶지 않았다. 어머니가 원하는 것을 뺏기 위해, 아버지는 자신의 인생쯤은 아무렇게나 되어도 좋다고 생각했다. 그러나 나에 관해서라면, 설마 어미란 것이 그렇게 쉽게 자식을 포기하리라고는 미처 생각하지 못한 것이 틀림없었다. 나를 맡아 키우던 초기의 몇해 동안 아버지가 얼마나 극심한 혼란에 사로잡혀 있었는지를 가장 잘 아는 사람은 바로 나다. 아침에 엄했던 아버지는 저녁때 약해졌고, 저녁때 부드러웠던 아버지는 아침에 다시 완고해졌다. 그렇게 해서 남은 규율이 오직 귀가시간뿐이었다. 한동안 아버지는 어시장에서 일했는데,

그 일은 새벽에 시작해 한낮이면 끝났다. 새벽에 나가기 위해 낮부터 잠을 자야 하는 아버지는, 딸의 늦은 귀가를 기다릴 수가 없었다. 아버지는 딸의 귀가시간에 알람을 맞춰놓고 잠을 잤다. 알람이 울려 눈을 떴는데도 딸이 집에 들어와 있지 않으면 밖에서 열쇠를 돌려도 열리지 않도록 안에서 잠금장치를 했다. 다행히 내가 들어올 때까지 깨어 있으면 몇마디 훈계와 함께 문이 열렸지만, 대개는 당신도 모르게 다시 깊은 잠이 들어버렸으므로, 자주 귀가가 늦던 나는 허구한 날 문밖에서 벌을 서지 않을 수 없었다.

그같이 부당한 대접을 참을 수 없다고 생각한 것은, 내가 대학을 졸업하던 무렵의 일이었다. 그즈음의 아버지는 이미 실업자였고, 나는 이른 저녁부터 밤까지 아르바이트를 해야 했으므로 귀가시간 따위는 이미 무의미해진 상태였다. 그러나 때로는 해묵은 분노 같은 것이 있는 법이다. 아버지가 느닷없이, 멀쩡히 저녁밥을 하고 있는 어머니에게 달려가 밑도끝도없이 머리채를 휘어잡곤 하던 것처럼.

나는 거의 한달 동안 집밖으로 나갈 생각을 하지 않았다. 아버지가 깨어 있는 동안 잠을 잤고, 아버지가 잠들어 있는 시간에 깨어 냉장고를 열어 먹을 것을 뒤져먹거나, 화장실에 가곤 했다. 헤어진 남자친구와, 나를 버린 어머니와, 아무것도 가진 것 없는 내 인생의 막막한 앞날이 마구 뒤섞여, 좁은 방 안에 넘칠 듯 쌓인 쓰레기들과 함께 내 숨통을 짓눌렀다. 그즈음에 나는 복도식 아파트에 살고 있었는데, 밤마다 옆집에서 울음소리가 들렸다.

방에 틀어박힌 지 며칠째부터의 일이었는지는 모르겠다. 처음에는 그 울음소리가 위로가 되는 듯도 싶었으나, 나중에는 견딜 수 없는 지경이 되었다. 나는 마침내 문을 열고 집밖으로 나갔고, 옆집을 향해 걸어갔다. 문을 두드리려는 찰나, 현관문이 열리면서 머리를 풀어헤친 한 여인이 자장면 그릇을 내놓았다.

누구세요?

여인이 울어서 퉁퉁 부은 얼굴로 내게 물었다. 무슨 말을 할 작정으로 그 집 현관문까지 걸어갔는지 알 수 없는 일이었다. 그만 울어요,라고 말하고 싶었을까. 나도 울고 싶지만 참고 있잖아요,라고 말하고 싶었을까. 아니면 뜬금없게도, 미안해요,라고 말하고 싶었을까. 미안해요, 어느날 혹시 내 울음소리도 당신 방에서 들렸다면, 정말 미안해요. 그때, 울지 않을 걸 그랬어요. 그땐 그게 세상의 끝인 줄 알았는데 더 지나보니 더 나쁜 날도 있더라고요. 당신도 그러니까 울지 마세요. 그러나 막상 자장면 그릇을 내놓다 말고 누구세요 묻는 여자를 보자, 입밖으로 터져나올 듯한 말은 그런 고상한 말들이 아니었다.

지금 자장면이 먹혀요? 그게 입으로 들어가요?

물론 말하지 않았다. 나도 내 방에 틀어박혀 있는 동안, 먹어 치운 컵라면이 몇개인지 알 수 없었다. 뱃속에서 퉁퉁 불은 라면발이 목구멍으로 전부 기어나오는 듯한 기분이었다. 집으로 돌아왔을 때, 아버지가 현관문 앞에 서서 나를 기다리고 있었다. 그래, 이제 다 한 거냐, 묻는 듯한 얼굴이었다. 옆집 여자에게 하지 못한 말들이 갑자기 아버지에게 폭포처럼 쏟아져나왔다.

왜 아버지는 일하러 나가지 않아요? 아버지 나이 아직 환갑도 안됐는데, 그런 법이 어디 있어요? 여기가 미국이에요? 어떻게 벌써부터 딸자식한테 얹혀살 궁리나 할 수 있어요? 미국에서도 얹혀살지는 않잖아요. 나는 아버지는커녕, 내 몸 하나도 힘들어 죽을 지경이에요. 그러니 어쩌겠어요!

아버지는 묵묵히 서 있었다. 그러니 어쩌겠는가. 아버지는 묵묵히 묻고 있는 것 같았다.

물론, 누구나 잘못은 한다. 아버지가 더이상 돈을 벌지 않은 것은 돈을 벌 수 없었기 때문이다. 돈을 벌려고 시도할 때마다 더 많은 돈이 사라지고 빚만 남았다. 아버지는 두려웠고, 멈추고 싶었던 것이다. 할 수 있는 일이 멈추는 일밖에 없게 된 사람의 슬픔을 이해하기에는 나는 너무 어렸다. 아마도 그러했을 것이다. 그날의 기억이 떠오를 때마다 나는 나 자신에게 너그러워지려고 노력한다. 내 인생의 오분…… 아니, 딱 일분만 더 참았더라도 차마 그런 말까지는 하지 않았겠지만, 그러나 후회나 반성이 무의미하고, 취소는 더욱 불가능할 때는 너그러워지기라도 해야 하는 것이다. 무슨 방법이 있겠는가.

친구가 떠난 여행은 내가 가고 싶은 여행이었다. 어디면 어떻겠는가. 벗어날 수만 있다면 무슨 짓이든 했을 것이다. 비루한 가족, 구할 수 없는 직장, 그리고 한번도 제대로인 적 없는 연애…… 만일에 내가 남자이기만 했다면 아버지처럼 배를 탈 수 있지 않았을까. 머나먼 남극해, 자신이 두고 온 것과는 모든 것이 정반대로 이루어지는 항구, 그곳의 수많은 엘레나들…… 보라색 꽃이 피는 하까란다 나무와 노란색과 붉은색 꽃이 피는 라빠초 나무…… 그런데 아버지는 왜 돌아왔을까?

거기엔 바다만 있는 건 아니야. 초원도 있지. 어이구, 넓어도 어찌 그리 넓을까. 사방이 그냥 지평선인데, 보이는 게 죄다 소들이야. 땅이 넓으니 드문드문 보여도 그게 몇천 마리, 몇만 마리야. 아무튼 사람보다 소가 더 많은 나라니까. 항구에 정박해 있을 때는 친한 사람의 목장에 가서 놀았는데, 거기에 내가 엘레나라고 이름을 붙여준 소도 있었어. 그놈의 소가 무슨 까닭으로 저 혼자 그렇게 살이 쪘는지, 어이구, 젖통이 흔들리는 게 한번 출렁하면 그게 참, 지축이 다 흔들리는 것 같았다니까. 그런데 흔들린다는 게 참 좋은 일이야. 배를 타본 사람들은 알아. 흔들리지 않고는 견디지 못하는 걸 안단 말이야. 배에서 내려 항구에 발을 디디면, 원 세상에, 그때부터 멀미가 시작된다니까. 흔들리는 다리가 흔들리지 않는 땅에 서 있으니, 견디질 못하겠는 거지. 그래서 선원들이 비뚤비뚤 걸어. 다들 배꼽을 빼지. 그런데 엘레나…… 그것이 소였나, 사람이었나. 기억이 엉망진창이로군. 아무튼 엄청나게 살이 찐 여자였어. 그 몸을 타고 있으면 출렁출렁했거든. 근사했지. 참 좋은 여자였어. 얼마든지 절 타게 해줬거든. 내가 원하기만 했으면 평생토록 타고 있게 해줬을 거야. 제 이름도 엘레난데, 딸 이름도 엘레나라고 붙였어. 그 나라가 그래. 제 엄마 이름도 붙이고, 제 할머니 이름도 붙이고, 그래서 여기저기 엘레나야. 뭐, 어쩌겠어. 내가 거두지 못할 새끼면, 이름도 지 마음대로인 거지. 할 수 없잖아. 난 돌아가야 하니까. 내가 아무리 뱃놈에 잡놈이라도 그 정도는 알아. 돌아는 가야지. 돌아가서, 내 마누라 내 새끼들하고 지지고 볶으며 살아야지. 나도 그 정도는 안단 말이야. 물론 미안했지. 어떻게 미안하지 않을 수 있어. 항구에는 말이야, 미안해서 어쩔 줄 모르는 사람이랑, 그 미안함 때문에 출렁거리지 않고는 견디지 못하는 사람들 투성이야. 지 것 남의 것 가리지 않고 어린 새끼들을 끌어안고는, 술냄새가 푹푹 나는 입김을 그 어린것들의 귓불에 쏟아부어가면서 우는 거야. 그게 참 꼴같지 않긴 해. 울면서 한다는 소리가, 미안하다, 미안하다…… 내가 사람이어서 미안하다…… 우스워? 내 이야기가 우스워? 하긴 내가 농담을 좀 알기는 하지. 그런데 말이야, 살아 있는 모든 것은 살아 있는 무언가에 대해서 미안한 거야. 이 정도면 농담도 수준급이지? 농담이란 말이지, 말따먹기 장난에 우스갯소리가 아닌 거야. 눈물이 핑 돌아야 그게 농담이지, 안 그래?

　——내 아버지의 이름은 박민수, 1961년생, 나의 할아버지 이름은 박돌이, 고향은 남쪽바다입니다……
　서툰 한글로 써서, 다시 디지털카메라로 찍은 첨부파일이 친구의 메일과 함께 도착했다. 그 사진을 보면서 나는 웃지 않았다. 되물릴 수만 있다면, 친구에게 했던 말을 취소할 수 있을까. 친구에게는 그만의 여자친구가 없었다. 그는 좋은 사람이었지만,

친구들 사이에서는 그다지 환영받는 존재가 아니었다. 궁금한 게 너무 많았고, 말하기를 좋아했고, 남들이 불편을 느낄 정도로 지나치게 친절했다. 그가 잠깐 자리를 비우면, 누군가는 반드시 그에 대해서 불평을 털어놓았다. 쟤, '왜 저러니? 여행을 떠나기 전의 친구에게 내가 엘레나 이야기를 꺼낸 것은 결코 그의 친절을 기대해서가 아니었다. 그가 가려고 하는 여러 나라들의 이야기를 듣다가 문득 내게도 그 나라들에 대해서 할말이 있었으면 좋겠다고 생각했을 뿐이었다. 그에게 그만의 여자친구가 없고, 따라서 그의 메일을 받아줄 사람도 없다는 사실까지는 생각지 못했다. 그때 나는 그저 그가 부러울 따름이었다. 퇴직금을 몽땅 털어넣어 떠나는 여행은 물론이거니와, 그런 여행을 꿈꿀 수 있는 그가 부러웠다. 무언가 하고 싶은 것이 있는 내 친구…… 나로 말하면, 할 수 있는 것이 없는 게 아니라, 혹시 하고 싶은 것이 없는 것은 아닐까. 할 수 없는 것이 먼저인지, 하고 싶지 않은 것이 먼저인지는 알 수 없으나, 아무튼 그 두 가지는 공존했다.

박민수는 내 아버지가 아니었다. 내 아버지는 1961년생도 아니고, 내 할아버지의 이름을 기억하지는 못하지만, 고향이 남쪽이 아닌 것은 분명했다. 그리고 내게 편지를 적어 보낸 여자의 이름은 엘레나가 아니었다. 그 여자의 이름은 수니라고 했다. 이름만큼은 알파벳으로 적어 보냈으니, 아마도 순희일 것이다. 친구는 왜 엘레나가 아닌 여자의 편지를 사진으로 찍어 보낸 것일까. 친구와 홍대 앞에서 얇은 피자와 생맥주를 마시던 날의 일이다. 차를 가져온 친구가 술이 깰 시간이 필요해서 노래방에 갔다. 누구에게든지 '쟤, 왜 저러니?'라는 말을 듣곤 하는 친구는 그날도 지나치게 친절했다. 야, 여기에 엘레나라는 노래가 있어. 친구가 넘겨주는 노래방 책자에 과연 그런 제목의 노래가 있었다. 아는 노래가 아니어서, 친구와 나는 화면에 뜨는 가사만 보았다. 그날밤 극장 앞에서 그 역전 카바레에서, 보았다는 그 소문이 들리는 순이…… 가사는 그렇게 시작되어, 이름조차 엘레나로 달라진 순이, 순이로 끝이 났다. 밤을 새우면서 실패 감던 순이가, 다홍치마 순이가, 이름조차 엘레나로 달라진 순이, 순이…… 노래의 정확한 제목은 '엘레나가 된 순희'였다.

엘레나가 아닌 '수니'가 쓴 편지를 찍은 사진파일에는 번호를 붙인 엘레나라는 파일명이 붙어 있지 않았다. 이쯤 돼서는 아무리 생각없는 사람일지라도, 과하다는 것이 무엇인지 한번쯤 생각해보지 않을 수 없었을 것이다. 파일명은 '무제'였다.

나의 이름은, 다행히도 순희가 아니었다. 내 이름은 소망, 윤소망. 아버지는 어쩌자고 내게 이렇게 낯뜨거운 이름을 붙여준 것일까. 딸의 청춘이 훗날 당신들의 청춘과는 달리, 소망하는 것조차 없어지는 초라한 생이 되리라는 것을 이미 알았던 것일까. 혹은 그것이 아버지의 소망이었던 것일까. 소망할 것이 없는 삶에 대한 소망, 그렇게 나른하게, 굳이 흔들리지 않아도 미안하지 않은 삶, 그렇게……

아버지와 어머니의 생각과는 달리, 나와 내 친구들의 소망은, 우리의 삶이 특별하거나 훌륭해지는 것이 아니었다. 우리는, 아니 이렇게 말하는 것에 어폐가 있다면 적어도 나는, 내게 특별한 일이 일어나지 않기를 바랄 뿐이었다. 로또가 당첨되기를 철석같이 믿고 매주 복권을 사는 사람은 없다. 내가 아닌 누군가가 당첨되기는 하지만, 그가 내가 아는 누군가가 아니기를 바랄 뿐이다. 소망이란 겨우 그 정도였다. 누군가는 당첨된다는 것을 알고 있고, 그 누군가가 내가 아니라는 것도 알고 있었다. 특별히 좋은 일은 기적이었지만, 특별히 나쁜 일은 일상처럼 다가왔다. 부모 몰래 발급받은 신용카드 대금이 연체되어 번듯한 직장을 갖기도 전에 신용불량자부터 된다든가, 나만큼 변변찮은 상대라고 생각한 애인에게 차인다든가, 부모가 갑자기 파산을 한다든가…… 부디, 내 생애 그런 일은 없기를! 그랬다. 그런 일만 없다면, 적어도, 집에서, 살 수는 있는 것이다. 우리에게 가족이란 그런 것이었다. 내가 살 수 있는 집…… 그러므로, 유예된 시간…… 어딘가로 아주 멀리 떠나거나, 이름마저 바꾸거나, 몸을 팔거나, 그런 일들은 일어나지 않았다. 퇴직금을 톡톡 털어 여행을 떠난 친구도 마찬가지였다. 그에게는 부모의 집이 있고, 그 부모에게는 자식이 다시 직장을 얻을 때까지 그를 먹여살려줄 능력이 있었다. 어쩌면 죽을 때까지인지도 모른다. 그렇지 않다면, 누가 감히 퇴직금이 나오는 직장을 때려치울 수 있을 것인가. 그리고 어떻든 그는 돌아올 것이 아닌가.

나 역시 마찬가지였다. 한달 동안 틀어박힌 방에서 나는 어떻든 밖으로 나오지 않을 수 없었다. 클럽에서 미친 듯이 춤을 춰도, 어떻든 클럽이 문을 닫기 전에는 나와야 하는 것이다. 숙취가 두통으로 몰려드는 새벽, 우리의 마지막 행선지는, 우향우이든, 좌향좌이든 어떻든 집으로 나란히,였다.

그런 어느날의 새벽에, 베란다에 나와 담배를 피우는 아버지를 본 적이 있었다. 당뇨에 고혈압이 겹쳐서 의사가 담배를 엄금했음에도, 아버지는 그렇게 가끔 담배를 피웠다. 그때 살던 아파트가 낮은 층이었기 때문에, 담뱃불이 빨갛게 탔다가 연기가 푸욱 뿜어져 베란다 창문 사이로 나오는 것이 다 보였다. 담배 끝 빨간 불빛이 먼바다에서 출렁이는 불빛 같았다. 흔들리는 삶의 불빛이, 깜빡깜빡했다.

친구도 알고 있는 사실이지만, 아버지는 친구가 여행을 떠나기 몇달 전에 돌아가셨다. 혈압으로 쓰러진 게 좀 급작스러운 일이기는 했지만, 오래된 병이었으니 느닷없다고까지는 할 수 없었다. 거의 연락을 하지 않고 지내오던 어머니에게 전화를 했을 때, 어머니는 숨죽여 울었다. 어머니는 재가해서, 당신을 때리지 않는 남편과 살았다. 맞지는 않았으나, 당신이 낳지 않은 자식들을 건사하느라 한순간도 쉴 틈이 없는 삶이었다. 어머니는 장례식장에 다녀가기는 했지만, 오래 머물지는 않았다. 이런저런 직업들을 전전하던 아버지에게는 종류별로 친구들이 많아서 장례식장이 북적북적했다. 원양어선을 타던 시절의 친구들과 어시장에 나갈 때의 친구들이 모여앉아 물고기 이야기를 했다. 참치와 오징어, 꽁치와 주꾸미 이야기도 나왔다.

바닷배도 탔으니, 요단강 건너는 것쯤이야 유도 아니겠지. 그렇게 말한 이는 아버지와 같이 마지막 사업을 말아먹은 친구였다. 그는 아버지와 한때 원양어선을 같이 탄 사람이기도 했다. 과장이 심해서, 하루에 한번씩 원양어선을 탄 사연이 달라졌다. 어느날은 누군가를 죽도록 패주고 그 보복을 피해 배를 탔다고도 했고, 어느날인가는 밀항선인 줄 알고 탔더니 고깃배라고도 했고, 또 어느날인가는 한국의 정치가 지긋지긋해서 그 꼴 안 보려고 배를 탔다고도 했다. 장례식장에서 마신 술이 과해서, 그가 화장실에 가려고 일어설 때마다 누군가 붙잡아주지 않으면 안될 지경이었다. 그는 똑바로 걷지 못하고, 모로 걸어서 화장실에 갔다.

  갑자기 웃음이 터져나올 것 같아, 나는 고개를 숙이지 않을 수 없었다. 어린시절의 아버지가 떠오른 때문이었다. 가을운동회 때였을 것이다. 아버지는 장애물달리기 시합에 나갔는데, 똑바로 달리지를 못하고 자꾸만 사선으로 달려, 구경하는 사람들의 웃음을 자아냈다. 사선으로 달리면서 이 사람을 치고 저 사람을 치는 바람에 달리기 시합이 엉망이 되었다. 사람들이 배꼽을 빼고 웃는 동안, 일등은 아버지가 해버렸다. 자기 아버지의 일등을 기대한 아이들은 울음을 터뜨리고, 어른들은 우는 아이들을 달래며 오래 웃었다. 일등상을 거머쥔 아버지가 활짝 웃으며 나를 바라보았다. 아버지는 선천적으로 다리 길이가 달랐다. 걸을 때는 모르지만, 달릴 때는 확연히 드러났다. 아버지가 배를 탄 건 어쩌면 남들과는 다른 다리 길이 때문이었는지도 모른다. 출렁거리는 배 위에서 아버지는 짧은 다리와 긴 다리로 단단히 중심을 잡았을 터이니.

　장례식장이니 당연한 일이겠지만, 어린시절의 운동회나 졸업식 같은 행사 이후로, 그렇게 많은 아버지들이 모인 것을 본 적이 없었다. 아버지들은 모두 늙어서, 누구도 다시는 장애물달리기 같은 것은 하지 못할 것처럼 보였다. 그들은 그저 술잔을 기울이며, 때때로 그들의 생애를 걸고넘어졌던 추억을 한칸 한칸 넘고 있을 뿐이었다. 아버지는 친구들 중에서도 먼저 세상을 뜬 편에 속했으니, 비뚜로 달렸더라도, 결국 남보다 먼저 종착점에 도착한 것일까.

　술을 너무 많이 마신 아버지의 친구가 기어코 바닥에 자빠져, 장례식장이 한순간 엉망진창이 되었다. 하필이면 내 앞으로 넘어져 내가 그를 붙들어 일으켜세워야 했다. 그가 미안하다고 했고, 나는 괜찮다고 했다. 괜찮아요, 아저씨. 아저씨는 살아 있잖아요. 그렇게 오래 살아냈잖아요. 그게 얼마나 위대한 일이겠어요. 그러니 괜찮다고요. 존경한다는 말을 못한다고 해서, 존경심이 없는 것까지는 아니에요. 그러니, 제가 술을 한잔 더 따라드릴게요.

　아버지는 임종 무렵에 아무 말씀도 하지 않았다. 정신이 남아 있을 때, 아버지가 내게 한 마지막 일은 집문서와 통장을 넘겨준 것이었다. 통장의 잔고는 너무 알량해서 한달 생활비도 겨우 될까말까였다. 그러나 작은 평수라도 집문서는 재산이었다. 누구도 내 나이에 이만한 '퇴직금'을 받아챙길 수는 없을 것이니, 친구들이 모두 나를 부러워할 판이었다.

친구가 여행지에서 보내온 사진, 아버지인 박민수를 찾는다는 편지가 찍힌 사진을, 나는 역시 인화해서 벽에다 붙여놓았다. 그 사진을 보면서 내 아버지가 박민수가 아닌 것이 다행인가, 불행인가를 잠시 생각했다. 무의미한 생각이었다. 나는 더이상 첨탑이 있는 성을 꿈꾸지도 않고, 있는지 없는지도 알 수 없는 알프스의 초원을 꿈꾸지도 않는 것이다. 그래서 외로운가…… 쓸데없는 생각이었다. 잠시 후 거실로 나가 아버지의 영정사진을 가져와 그 편지 옆에다 붙였다. 붙여놓고 보니 참으로 농담 같았다. 세상의 수많은 엘레나들 사이에서, 아버지 역시 또 한명의 엘레나처럼 웃고 있지 않은가. 그 많은 사진들 속에서, 암컷인지 수컷인지 모를 개를 빼놓고는, 유일하게 아버지만이 남자였다. 그러나 소에게도 엘레나라는 이름을 붙여주었다는 아버지는, 그 자신에게도 그와 같은 이름을 붙여주었을지 모를 일이다. 농담을 안다고 생각하는 아버지였으니까 말이다.

안녕, 아빠……

나는 오랜만에 아버지를 아빠라고 불러보았다. 그때, 느닷없이 울음이 터져나올 것만 같았다. 참을 수 있었다. 기껏해야 오분…… 오분만 참으면 되는 것이다. 괜찮아, 아빠. 나는 다시 말했다. 아버지가 내게 미안하다고 말하지도 않고 죽어버린 것을, 용서하고 싶었다. 아버지가 그렇게 말해주었다면, 나 또한 말했을 것이다. 미안하다고…… 미안하단 말을 못한다고 해서 미안하지 않은 것은 아니라고…… 죽을 만큼 미안하다고…… 아버지에게 빗대어, 내 인생에 대해서도 말할 수 있었을 것이다. 미안하다, 나의 초라한 삶…… 집문서가 있어 다행이었다. 나는 집문서에게도 미안해하며, 오분 동안 이를 악물고 있었다. 벽에 걸린 시계의 초침이, 수많은 엘레나들 사이에서 째깍거리며 분주히 움직였다. 오분은 짧은 내 인생처럼 짧았고, 짧지 않았던 내 아버지의 인생처럼 길었다. 내 인생의 오분, 어쩌면, 그것이 아버지가 내게 남긴 마지막 인사였을지도 모를 일이다.

숨─악몽

그것은 아주 오래된 그림이었다. 그의 기억이 맞다면 그가 그 그림을 그린 것은 거의 이십년 전의 일이다. 그 무렵, 어머니는 아직도 이십대였을 것이다. 그러나 그림 속 어머니의 얼굴에는 잔주름이 있고, 흰 머리카락이 보인다. 어머니란 존재는 마땅히 그래야 한다는 생각 때문이었을 것이다. 그즈음에는 모든 어머니가 젊었지만, 그의 어머니는 그중에서도 특히 젊었다. 그림의 제목은 아무 수식어도 없이 그냥 '어머니'이다. 어쩌면 어버이날을 기념하는 사생대회였을지도 모른다. 그림 속에서 어머니는 의자에 앉아 있다. 팔걸이도 없는, 교실 의자 같은 나무의자에 어머니는 무릎에 손을 얹어놓고, '그냥' 앉아 있다. 책상 사이를 오가며 아이들의 그림을 내려다보던 선생은 그의 옆에 머물러

미소를 지었다. "엄마가 뭘 하고 계신 거야?" 크레파스 색칠을 두껍게 덧입히는 데 열중하며, 어린 그가 대답했다. "아무것도 안하고 계셔요."

어머니는 돌아가셨다. 누렇게 바랜 도화지 속 뭉개진 크레파스 때문에 가뜩이나 조악하게 그려진 어머니의 얼굴은 이제 뭉뚱그려진 색깔로만 보인다. 도화지의 색이 바래듯 크레파스의 색도 바래, 어머니가 지니고 있는 색은 점점 더 그녀의 죽음과 닮아갔다.

어머니가 느닷없는 사고로 세상을 떴을 때, 아버지는 이사를 결심했다. 그는 더이상은, 가능하다면 일분 일초라도 더는, 아내와의 추억이 남아 있는 집에 살고 싶지 않았다. 집을 부동산에 내놓고 새로 살 집을 구하러 다니기도 전에 아버지는 이삿짐부터 꾸리기 시작했다. 아버지와 어머니가 결혼하면서부터 살아왔고, 자식들이 차례차례로 태어난 집에는 오만군데에 온갖 것들이 있었다. 구석구석 처박혀 있거나 감춰진 짐들이 어찌나 많은지 나중에는 쌓아놓을 자리가 없을 지경이었다. 도대체 저 많은 짐들에 치여 사람은 어디에서 잠을 자고 어디에서 텔레비전을 보았으며 어디에서 밥을 먹었을까? 처음에는 마루 한쪽에 쌓이던 짐들이 점차 마당으로 내려갔다가 나중에는 집밖으로 버려지기 시작했다. 다리가 흔들리는 의자는 사람이 앉지 못할 지경은 아니었으나 식구 중에 앉을 사람이 하나 줄었으므로 내다버리지 않아야 할 이유가 없었다. 빨래판과 빨랫방망이는 더이상 그걸 사용할 사람이 없을 듯했으므로 내다버렸고, 솜이 뭉친 이불 한

채도 그런 이유로 내다버렸다. 그래도 집 안의 짐이 줄어들지 않자 아버지는 좀더 과감하게 버릴 것들을 찾아내기 시작했다. 어머니의 장례식을 마지막으로 다시는 큰 손님이든 작은 손님이든 객을 치를 일이 없을 것 같아 교자상도 내다버렸고, 주인이 사라진 주방의 쓸데없는 물건들이며 칠이 벗겨진 식탁도 내다버렸다. 어머니도 없는 마루 쏘파에 앉아, 혹은 누워 텔레비전을 볼 것 같지 않았으므로 낡은 쏘파도 내다버렸다. 그러자 앉아서 볼 데가 없는 텔레비전도 소용이 없는 물건처럼 여겨졌다.

집 안은 빠르게 휑해져갔다. 그러나 집을 사겠다고 나서는 사람은커녕, 구경하러 오는 사람조차 없었다. 아버지는 마당에 내다버렸던 의자 하나를 다시 거실로 들여와 거기에 앉아 대문을 바라보았다. 이미 쓸 만한 물건들은 모두 수거해가버린 뒤라 남은 것은 가장 먼저 내다버렸던 다리가 흔들리는 의자뿐이었다. 아버지는 팔걸이도 없는 딱딱한 나무의자에 앉아, 하루 온종일 대문만 바라보고 있었다. 그러나 하루가 지나고 이틀이 지나고, 또 계절이 바뀌어도 집을 보러 오는 사람은 없었다.

그림은 아버지가 내다버린 궤짝에 들어 있었다. 다락에서 발견한 궤짝에는 자식들과 관련된 온갖 허드레 물건들이 들어 있었다. 팔 하나가 사라진 로봇인형, 딱지와 장난감칼, 초등학교 일학년 일학기 숙제장, 성적표, 상장, 사진, 그리고 둘둘 말려 고무줄로 묶여 있는 바로, 그 그림. 그는 그림을 보다 말고 흘깃 아버지를 쳐다보았는데, 하나뿐인 의자에 앉아 있는 아버지의 모습이 그림 속 어머니의 모습과 매우 닮아 있었기 때문이다. 그가 궤짝을 살피는 동안 낡은 궤짝이 갈비뼈가 나가듯 우둑우둑 부서졌다. 그는 흩어진 '쓰레기'들을 신발로 쓱쓱 밀어 한쪽으로 모았다. 궤짝에 들어 있을 때는 보물이던 것들이 더러운 농구화에 밀리고 밟히자 아무것도 아닌 것들이 되었다.

어머니가 간직하고 아버지가 내다버린 짐들에는 형들과 관련된 것이 가장 많았다. 그것은 세월이 멈춰버린 추억이었다. 그와 한살 터울이 나는 쌍둥이 형들은 나란히 미국으로 가서 나란히 돌아오지 않았다. 그들이 이민가는 큰아버지를 따라 미국으로 떠난 것은 어느새 이십년도 더 지난 일이 되었다. 그들이 아직 초등학생도 되기 전의 일이었다.

출국을 하던 날, 쌍둥이는 똑같은 얼굴과 똑같은 콧잔등에 모양만 좌우대칭인 주름을 잡고 악을 쓰며 공항 대합실을 뛰어다녔다. 아버지는 참으려고 노력했으나 마침내 터질 듯이 화가 나서 그들의 뒷덜미를 거머쥐고, 한놈은 왼쪽에 한놈은 오른쪽에 뺨 한대씩을 갈겨주었다. 옆에서 구경하던 사람이 비명을 지를 만큼 세게 후려갈겼음에도, 허공에 매달린 작은 아이들은 와! 하고 웃음을 터뜨렸다.

쌍둥이는 호적상 큰아버지의 아들들이었다. 쌍둥이를 낳던 당시, 아버지는 벌써 팔년째 도피중인 병역기피자였다. 자수를 하고 군대에 가지 않는 한, 그는 법적으로 할 수 있는 일이 아무것도 없었다. 그러나 세상에는 법과 상식으로 할 수 있는 일보다 그렇지 않은 것이 훨씬 많았다. 그는 여자를 만났고, 그 여자와 함께 살았고, 그리고 아이를 가졌다. 그중의 어떤 일도 법의 허락을 필요로 하지는 않았다. 그러나 아이를 낳는 일은 달랐다.
  새끼를 낳을 생각은 없었다,고 아버지는 훗날 말했다. 혼인신고도 하지 않은, 둘 다 직장도 없이, 하는 일이라고는 밤부터 다시 그 이튿날 밤까지 살을 섞는 일뿐이던 어린 부부이기는 했으나, 그렇더라도 배가 불러오는 것이 거대한 재앙인지도 모를 만큼 어리석지는 않았다. 다만 시간이 너무 빨랐을 뿐이다. '어, 큰일났네' 하는 사이에 여자의 배는 함지박만큼 불렀고, '저것을 어쩔까' 결정을 내리기도 전에 뱃속에 든 것이 하나가 아니라 둘이라는 사실이 밝혀졌다. 그러니까 저것이 아니라 저것들. 놀라 벌어진 입이 다물어질 사이도 없이 여자의 아랫도리가 열려, 오 분도 안되는 간격으로 눈깜짝할 사이에 살과 피가 뒤섞인 덩어리 두 개가 맹렬하게 세상으로 튀어나왔다. 그러니까 말하자면 '그것들은' 자궁 속에서 견뎌야 했던 존재의 불안을 거칠게 항의하듯이 그야말로 우렁차게 울어댔던 것이다.
  새끼 같은 것은 낳을 생각이 없었던 아버지는 당연히 결혼 같은 것도 할 생각이 없었을 것이다. 그러나 쌍둥이가 태어난 지 일년도 지나지 않아 여자의 배가 다시 불러오기 시작했을 때, 그는 이제 자신이 포기를 해야 할 시점에 이르렀음을 알았다. 아버지가 보기에 어머니는 생산력이 매우 높은 여자였다. 만일 그의 여자가 끝없이 아이들을 낳는다면, 그는 어쩌면 한 다스나 되는 아이들을 이고 지고 끌고서 헌병과 개 들의 추적을 피해다녀야 할지도 몰랐다. 그가 왜 그토록 순진한 생각을 했는지는 알 수 없다. 한 다스나 되는 아이들을 재앙처럼 끌어안는 것보다는 훨씬 간단한 방법이 있었을 텐데. 아버지는 과장이 심한 상상을 달고 사는 사람이었는데 아이를 낳은 것도, 그 아이들을 속수무책으로 형에게 줘버린 것도, 그리고 그 모든 일의 시작인 병역기피자가 된 것도 따지고 보면 모두 그런 성격 때문이었다. 생의 결정적인 순간마다 그를 압도한 감정은 공포였다. 그때마다 그는 도망쳤으나, 결국엔 다시 그 자리였다. 입대를 하면서, 그는 다시는 자신이 무언가로부터 그리 오래 도망칠 수 없으리라는 것을 예감했다.

아이들의 아비가 되는 것보다, 한 여자의 남편이 되는 것보다 더 견딜 수 없었던 일은 군대에 가는 것이었다고, 아버지는 훗날 말했다. 그는 애국자가 될 생각도 없었고, 국가를 위해 무엇을 해야 한다고도 생각하지 않았고, 자신에게 그런 것을 요구할 만큼 국가가 무엇을 해준 적도 없다고 생각했다. 그는 빚진 것 없이 살았으며, 앞으로도 빚지지 않고 살고 싶을 뿐이었다. 어쩌면 당연한 일이겠지만, 그는 영웅도, 위인도, 천재도 되고 싶지 않았다.

그의 군대생활은, 과장없이 말한다고 하더라도, 끔찍했다. 그가 자수를 하고 입대할 무렵에 나라에서는 쿠데타가 일어나 정권이 바뀌었다. 군대는 늘 비상상태였다. 영문을 알 수 없는 피로와 견딜 수 없는 짜증과 대상을 찾을 수 없는 분노에 사로잡혀 있던 고참들은 이 늦깎이 신참에게서 출구를 찾았다. 그는 나이가 많다는 이유로 얻어터졌고, 학생으로 오인받아 터졌고, 그후에는 병역기피자였다는 것이 발각나 또 터졌다. 그리고 다시 그

후에는, 아무 이유 없이 얻어터졌다. 입대 후 대부분의 시간, 그는 얻어터지고, 연병장을 뛰고, 옷이 발가벗겨지고, 빳빳하게 선 자세로 밤을 새웠다. 발가락마다 동상이 걸리고, 손톱이 빠졌고, 고환 근처에는 흉터가 생겼다.

  아버지는 천성적으로 수줍음이 많은 사람이었다. 뭔가 해야 할 말이 생기면, 그와 동시에 머리가 깨질 듯한 두통과 함께 얼굴이 달아올랐다. 해야 할 말이 심각할 때는 심장이 몸밖에서 뛰는 듯한 소리가 들렸고, 다리가 덜덜 떨리기도 했다. 학교에 다닐 때도, 군대에 있을 때도 그를 괴롭힌 것은 바로 그 '말'이었다. 그는 말을 피할 수만 있다면 무슨 일이든 했을 터이지만, 사실 결정적인 순간에 말을 피할 방법은 거의 없었고, 결과는 항상 가혹한 재앙으로 나타나게 마련이었다. 군대에서 고참들은 항상 그에게 대답을 요구했다. 그때마다 그는 머리가 깨질 것 같았고 얼굴이 터질 듯 붉어졌다. 질문은 아무 의미도 없는 것이었고, 어떻게 대답해도 결과는 마찬가지였겠지만, 그러나 그는 어떤 말이든 해야만 했다. 그가 다리를 덜덜 떨며 생각을 하는 동안, 첫번째 매질이 시작되었다. 그는 더욱 다급하게 생각에 생각을 거듭했다. 그러는 동안 두번째 매질, 세번째 매질이 이어졌다. 말은 생각으로 대체되고, 생각은 말의 타이밍을 점점 앗아가는 악순환이 계속되었다. 그리하여 마침내, 아버지는 생각 속으로 완전히 들어가 다시는 그 밖으로 나올 생각을 하지 않게 되었다. 그는 생각하고, 생각하고, 또 생각했다. 생각은 생각 속에서 과장되었고, 생각 속에서 기쁨이 되거나 슬픔이 되었다.

아버지는 술을 거의 마시지 못하는 사람이었지만, 어쩌다 폭음할 때가 있었고, 그럴 때는 생각이 그의 몸밖으로 흘러나오기도 했다. 어느날, 저녁 찬거리를 사가지고 집으로 돌아온 어머니는 아버지가 식탁에 물이 가득 담긴 세숫대야를 올려놓고 그 속에 얼굴을 파묻고 있는 것을 보았다. 식탁 위에는 소주병이 나뒹굴었고, 아버지는 온몸이 물에 젖어 있었다. 아버지가 물고기가 되었다는 것을 어머니는 금방 알아차렸다. 어머니는 집 안을 치우고, 저녁을 짓고, 빨래를 개키고, 마루의 전등을 밝힐 때까지 아버지를 그냥 놔두었다. 잠자리에 들 무렵이 되어서야 어머니는 아버지 곁에 다가가 조용히 말을 건넸다.

"상어가 오네."

아버지는 세숫대야 밖으로 얼굴을 꺼내며 버럭 소리를 질렀다.

"멍청하기는! 민물에 무슨 상어가 산다고!"

그러나 그렇게 소리를 지르는 순간, 말을 하는 자신은 더이상 물고기가 아니라는 것을 아버지는 알아차리지 않을 수 없었다. 물고기에서 사람이 된 아버지의 얼굴에는 갑자기 피로가 가득했다. 그는 너무나 피로하여 잠을 자러 가지 않을 수 없었다.

어머니는 아버지와 함께 간 낚시터에서 사고를 당했다. 호수의 낚시터를 지름길로 가기 위해서는 물길을 막아놓은 축대 위를 걸어가야 했는데, 낚시가방을 메고 앞서 걷는 아버지를 쫓아가며 어머니는 어지럽다 말했다고 한다. 수줍음이 많은 아버지는 어머니에게 손을 내밀어주지 않았다. 그날 아버지가 호수에서 향어 한마리를 잡아올렸을 때, 어머니는 곁에 있지 않았다. 아버

지가 낚시하는 동안 어머니가 혼자서 여기저기를 돌아다니는 것
은 흔히 있는 일이었다. 낚싯바늘은 향어의 아가리를 관통하여
볼 밖으로 튀어나와 있었다. 입을 찢어내지 않고 곱게 낚싯바늘
을 빼내려다가, 그 바늘이 아버지의 손가락을 찔렀다. 정확히 그
순간은 아니었겠으나, 우연히 그랬을 수도 있겠지만, 어머니는
그때 축대 아래에 있었다.

 어머니는 축대에서 떨어져 갈비뼈에 금이 가고 다리가 부러지
는 중상을 입었다. 척추와 뇌에 손상을 입었다는 것이 정밀검사
후에야 밝혀졌다. 축대가 제법 높기는 했지만, 그렇더라도 지나
치게 심한 중상이었다. 훗날 아버지는 그 낚시터를 찾아가 한동
안 그 축대 아래를 내려다보곤 했는데 어머니가 사고를 당하던
순간을 떠올리면, 자신의 등뒤에서 무언가 거대한 것이 있는 힘
을 다해 떠미는 듯 느껴진다고 했다. 그 순간 그가 현기증을 느
꼈다면, 그 역시 자신의 아내처럼 갈비뼈가 부서지고 다리가 부
러지고 혹은 장이 파열될 수도 있었을 것이다.

 어머니가 곧 세상을 뜨리라는 사실을 알았을 때, 아버지는 오
래전 입대를 결심하던 당시를 떠올리지 않을 수 없었다. 생에서
가장 중요한 것 하나를 포기해야 할 때의 고독과 절망이 그를 다
시 한번 사로잡았다. 그는 아주 낯선 곳에 던져진 듯했고, 마음
깊은 곳에서 모래바람 부는 소리 같은 것이 들리는 듯했다. 할
수만 있다면 그는 자신의 심장 속으로 손을 집어넣고, 어깨를 집
어넣고, 마지막에는 얼굴까지 집어넣어, 그 안에 쌓인 모래 속으
로 완전히 숨고 싶었으리라.

생은 아귀가 맞는 대차대조표로 이루어지는 게 아님을 그는 알고 있었다. 아무리 거대한 것을 놓아버려도, 그에 따르는 보상은 다만 거대한 구멍일 뿐이다. 그러므로 생은 목숨을 걸고 지켜야 할 것과 뒤돌아보지 말고 놓아버려야 할 것, 그렇게 두 가지로서만 존재하는 것이라고 그는 생각했다. 그렇더라도 피하고 싶은 순간이란 있는 법이다. 팔년이나 버티고서도 끝내 군대에 가지 않을 수 없었던, 오래전의 그때처럼.

아버지가 그에게 어머니의 비밀을 털어놓은 것은 그녀가 숨을 거두기 직전의 일이었다. 네 엄마가 눈을 감기 전에 용서한다고 말해드려라. 아버지는 그렇게 말했다. 그래야만 한다. 네 마음이 용서가 안되어도, 다행히 말이란 게 있으니, 말로써 용서한다 해라. 네 엄마, 이승의 짐을 지고 가게 하고 싶지 않다. 그날, 아버지와 그는 병실 옆 긴 의자에 나란히 앉아 있었다. 해가 저물고 복도에 전등이 켜지면서, 맞은편 창에 그들의 모습이 비쳤다. 그들은 완전히 닮은꼴로, 똑같이 두 팔을 늘어뜨린 채, 서로 다른 방향을 바라보고 있었다. 그날 아버지가 털어놓은 바에 따르면, 오래전, 아주 오래전 어머니는 누군가를 죽이려고 한 적이 있었다는 것이다. 그는 별로 놀라지 않은 채 아버지의 말을 들었다. 중요한 것은 어머니가 살인자가 아니라 살인미수자라는 사실이라고 생각했다. 세상의 모든 일이란 대개 미수로 진행되거나 미수로 끝나는 것이 아닌가. 그도 그때까지 살아오는 동안, 죽이고 싶은 사람이 없었다고는 말할 수 없다. 그 욕망, 그 견딜 수 없는 분노와 치욕도 말하자면 미수가 아닐까. 어머니의 살해대상자가 바로 그였다는 사실을 마침내 아버지가 입밖에 털어놓았을 때도 그는 같은 기분이었다. 어떻든 그는 살아 있지 않은가 말이다.

"나한텐 그런 기억이 없어요, 아버지."

"네가 세상에 나와 삼칠일도 되기 전의 일이다."

그날 아버지는 단 한 번도 목소리를 떨지 않았다. 평생 동안 말을 피해 살아온 아버지는 자식에게 그토록 놀라운 말을 하면서는 조금의 흔들림도 없었다. 혹시 아버지는 그 말을 하기 위해 세상의 모든 말에 긴장을 해왔던 것이 아닐까. 어쩌면 아버지에게 말이란 오직 그것 하나뿐이 아닐까. 말이 말로서 날이 되는 것, 생의 한결을 회를 뜨듯, 날카롭게 잘라내는.

그러나 바로 그 때문에, 그는 아버지를 믿을 수가 없었다.

그는 젊은시절의 아버지를 기억했다. 병역기피자 시절부터 낚시에 빠져들어 툭하면 혼자 밤낚시를 가곤 하던 아버지는 제대를 하고 돌아와서는 낚시를 가족 나들이로 삼기로 결심했다. 가족을 지키기 위해 군대까지 갔다온만큼 가족은 그에게 거저 얻은 떡고물이 아니었다. 그는 자신의 희생의 크기만큼 가족이 위대하기를 바랐고, 마땅히 그래야 한다고 생각했다. 그러나 낚시터에 이르러 낚싯대를 호수에다 던져넣기도 전에 그는 자신의 실수를 깨닫지 않을 수 없었다. 어린 쌍둥이는 오만군데를 뛰어다녔고, 옆사람의 낚싯대를 물속에 빠뜨렸으며, 어망을 뒤집어놓고, 물속으로 텀벙텀벙 뛰어들어갔다. 처음에는 미소를 띠고 쌍둥이를 바라보던 주변의 낚시꾼들은 오분도 채 지나지 않아

혀를 차기 시작했고, 그리고 곧 욕설을 내뱉었다. 아버지는 낚시에 집중할 수가 없었다. 그랬음에도 그날의 조황은 최고였다. 낚싯대를 던져넣기가 무섭게 물고기가 물려나왔다. 쌍둥이는 끝없이 말썽을 피웠고, 그는 끝없이 물고기를 잡았고, 그 물고기의 입에서 낚싯바늘을 빼낼 때마다 물고기의 아가리가 사납게 찢어졌으며, 어머니는 어망 속에서 피투성이가 된 물고기들을 들여다보며 소리내어 울었다.

  네 엄마는 그때 신경불안이었다,고 아버지는 말했다. 쌍둥이가 돌이 되기도 전에 남편은 군대에 갔고, 그녀는 부른 배를 안은 채 홀로 둘이나 되는 자식을 키워야만 했던 것이다. 그녀는 외롭고 두려웠으며 불안했다. 임신기간 내내 그녀는 극도의 우울증 증세를 보였고, 군대에 있는 그를 면회가서도 울기만 했다. 그러나 하필이면 전쟁 같던 시기에 군대에 가 발가락마다 동상에 걸리고 손톱이 빠지고, 은밀한 곳마다 상처가 나 있던 아버지는 울고 있는 아내를 위로하는 대신 그녀를 지저분한 여인숙에 밀어넣고, 거친 숨을 몰아쉬며 치마부터 걷어올렸다. 그의 엉덩이가 맹렬하게 움직일 때마다 만삭의 배가 더러운 바닥에 떨어질 듯이 위태하게 출렁출렁 흔들렸다. 굴욕적인 절정의 순간마다 어머니는 아버지를 향해 입에 담을 수 없는 욕설을 내뱉었다. 어머니의 눈물 섞인 욕설을 향해, 사나운 정액이 분출되었다. 그 시절, 만일 누군가가 그를 죽이고 싶도록 원치 않았다면, 그리고 그 원인이 불안이었다면, 그 사람은 어머니가 아니라 바로 아버지일 것이라는 생각을 그는 지울 수가 없다.

임종의 순간 어머니는 아무런 의식도 없었다. 아버지가 그에게 어머니의 비밀을 털어놓기 전부터 어머니는 이미 의식불명 상태였다. 만일 어머니에게 의식이 있었더라도 아버지가 그에게 그런 말을 털어놓았을지는 알 수 없는 일이었다. 병실 밖에서 아버지가 수문장처럼 지키고 있는 사이, 그는 어머니와 단둘이 병실에 있었다. 나뭇등걸처럼 깡마른 어머니의 손을 잡았지만, 땀만 흘러내릴 뿐 말은 나오지 않았다. 마음으로 안되면, 다행히 말이란 게 있으니, 말로써 용서한다 해라. 아버지의 그 말은 말의 수사학일 뿐이었다. 그는 진땀을 흘리다가 끝내 고개를 가로젓고 말았다. 난 못하겠어요…… 그의 입에서 뜻밖의 말이 새어나왔다. 용서를 못하겠다는 뜻은 아니었다. 그러나 그렇다면 무엇을 못하겠다는 뜻이었을까. 어머니가 그의 손을 거머쥐었다고 느낀 것은 바로 그때였다. 찰나였지만, 그것은 놀랄 만한 힘이었고 무언가 결정적인 느낌이기도 했다. 마치 거대한 힘에 의해 멱살을 잡아채여 어딘가로 무작정 끌려갈 듯한…… 그렇게 무시무시하고도 섬뜩한 힘. 그는 말로 표현할 수 없는 공포를 느꼈고 비명을 지르며 어머니의 손을 팽개쳐버렸다. 어머니가 임종한 순간이 바로 그때였는지, 아니면 그보다 일초나 이초쯤 빨랐는지 그는 알 수 없다. 슬픔보다 공포가 너무 커서, 그는 다시는 어머니 곁으로 다가갈 수조차 없었다.

   어머니가 돌아가신 후, 그는 줄곧 악몽을 꿨다. 꿈속에서 그는 항상 살해당할 위기에 처해 있었다. 그러나 그를 살해하려고 하는 사람은 어머니가 아니라 아버지였다. 그가 진실로 그렇게 믿고 있는 것인지, 아니면 어머니에 대한 죄의식 때문인지는 알 수 없었다. 꿈속에서 어머니는 무죄하다. 어머니는 순결했고 아버지는 잔악했다. 쌍둥이 형들은 큰아버지를 따라 미국으로 간 게 아니라 아버지의 손에 잔인하게 살해되어 버려졌다. 낚시터, 축대 위에서 어머니의 등을 민 것도 아버지이다. 그리고 그의 여동생…… 태어나 백일도 되기 전에 폐렴으로 세상을 떴다고 알려진 그의 여동생도 살해되었을 것이다. 그러나…… 모든 것은 꿈이다. 세상의 어떤 가족이 이와 같을 수 있단 말인가. 세상의 어떤 '우리'가 이럴 수 있단 말인가.

　어머니가 돌아가신 후 그는 괜찮다고 말했지만, 사실 그는 전혀 괜찮지가 않았다. 상실감은 천천히, 아주 뒤늦게 찾아왔다. 그것은 아마도 아버지 역시 마찬가지였을 것이다. 어머니가 돌아가신 뒤, 아버지는 하나뿐인 의자에 앉아 어머니와 똑같이 닮은 모습으로 넋을 놓았다. 그 시간이 점차로 길어져, 아버지는 온종일이라도 그 의자에 앉아 있을 것 같았다. 어머니의 의자에 앉아 아버지는 끝없이 과거를 떠올렸는데, 생각이 과거로 역행해가는 것과는 달리 몸은 급속도로 미래를 향해, 아버지는 순식간에 십년 이상은 늙어버렸다.

　젊은시절, 아버지는 몸이 좋은 청년이었다. 아버지가 팔년이나 미뤄 군대에 갔을 때, 그의 선임들을 순식간에 사납게 만들어버린 이유 중 하나는 그의 몸이었다. 그토록 좋은 몸을 나라에 바치지 않고, 의무와 고난과 굴욕과 고통과 영광에 바치지 않고, 오직 계집질과 새끼 싸지르는 짓에 바쳤다는 것을 고참들은 용납할 수 없었다. 그 좋은 몸이 누렸을 육체의 미칠 듯한 짜릿함이 상상만으로도 그들을 환장하게 만들었다. 그리하여 질투와 분노와 관음증과 가학이 뒤섞여 마치 끓는 가마솥 같았던 그곳에서, 아버지는 생각 따위는 하나도 없는 그저 살덩어리로 취급받았다. 그랬음에도 아버지에게는 당신의 몸이 혐오스럽지 않았을까. 아니면 바로 그런 탓으로 혐오할 수 없었을까. 면회를 온 만삭의 어머니에게도 자신의 성기를 삽입하는 것 외에는 관심이 없던 아버지는 자식이 태어난 후 휴가를 받아 집에 돌아와서도 역시 그짓 말고는 다른 관심이 없었다. 그는 할 수 있는 만큼 했고, 그럴 수 없을 때는 집 마당의 역기를 드는 것으로 열을 삭였다. 그는 거의 온종일을 역기 아래에 있었다. 수축과 이완을 거듭한 이두와 삼두박근이 스스로의 결에 상처를 입히고 그 상처를 회복하면서 더욱 단단해졌다. 기름이 쭉 빠진 그의 몸에서 근육이 결결이 살아났다. 몸은 세상의 그 무엇보다도 정직하게 자신의 상처에 반응했고, 그 상처 자리에 아름다운 근육의 결을 남겼다. 아버지는 쇳덩어리 바벨이 걸려 있는 벤치에 앉아, 근육뿐인 자신의 몸을 내려다보았다. 살아오면서 자신이 지은 죄와 실수와 빚이 모두 사라지고 나면, 남는 것은 이렇게 기름이 완전히 빠진, 정직한 몸뿐일까. 그럴 리가 없다고 그는 고개를 가로저었다. 그렇게 되기 위해서 사라져야 하는 것은, 앞으로 살아가며 자신이 지을 죄와 실수와 빚 역시 마찬가지였다. 그러므로 삶이란 결국, 아무 방법도 없는 것이다.

제대를 한 후 아버지는 전화국 직원이 되었다. 전화선로를 놓는 기술직이었는데, 아이러니하게도 그가 그런 직업을 얻을 수 있었던 것은 군대에서 배운 기술 때문이었다. 군대에 가기 전까지 그에게는 학벌도 기술도 재산도 없었고, 그런 모든 것들이 없는 사람들이 마땅히 가져야 할 오기와 근성, 혹은 근거없는 낙천주의도 없었다. 만일 그가 어떤 방식으로든 군대에 다녀오지 않았다면, 그는 말하자면 '사람이 될' 기회 같은 것은 영원히 갖지 못했을 것이 틀림없었다.

그는 주로 야간작업을 했는데 한밤중 지하에 전화선로를 놓는 것은 결코 쉬운 일이 아니었다. 온갖 전선과 배수관과 통신선 들이 난맥처럼 뒤얽힌 지하 갱도를 걸으며, 악취와 썩은 물과 살찐 쥐와 벌레 들에 휩싸여 일할 때 그는 정말이지 아무것도 생각할 수 없었다. 그 시절, 그의 몸에서 모든 생각이 다 빠져나가, 그는 마치 유령 같았다.

그런데 자신의 인생은 도대체 어쩌다가 이렇게 된 것일까. 그는 스무살에 이미 병역기피자가 된만큼, 아주 일찌감치, 세상에 아무것도 빚진 것이 없이 살고자 한 꿈 많은 소년이었던 것이다. 그에게 꿈이 있었다면, 그것이 가장 찬란한 꿈이었다. 그는 원하는 것이 별로 없었고, 원하지 않는 것도 별로 없었다. 그의 아내가 된 여자만 하더라도, 일이 이 지경이 되어도 좋다고 생각할 만큼 그토록 간절하게 원한 것은 아니었을 것이다. 그러나 자신도 모르는 사이에 모든 것은 이 지경이 되어버렸다. 그는 매일 밤마다 어두운 지하 갱도를 기어다니며, 이해할 수 없다고 생각한다. 생각이 다 빠져나간 몸으로, 생각보다 더한 본능으로, 이해할 수 없다고 그는 중얼거린다.

　다행히 그에게 전직의 기회가 왔다. 그는 전기공사의 선로공으로 자리를 옮겨 이번에는 지하가 아니라 공중에서 일하게 되었다. 땅밑만 아니면 무엇이든 상관없다고 생각했으나, 이번엔 높아도 너무 높았다. 그는 야산 꼭대기 계곡 사이에 걸린 전선에 매달려 엉덩이를 까고 똥을 누고, 밥을 먹고, 악을 썼다. 그 일 역시 고되었다. 그러나 그는 올라가는 것을 좋아했고 올라간 곳에서 내려다보는 것을 좋아했다. 바람이 불면 고압선이 흔들려 그의 몸이 공중에서 휘청휘청했다. 그럴 때 똥을 누면 똥도 휘청휘청하면서 떨어졌다. 위에서 내려다보는 세상은, 아름다웠다. 그는 그곳에서 불안과 두려움을 잊었다. 그러나 그 평화롭던 시기는 그리 오래가지 않았다. 전신주를 오르다가 추락하는 사고를 당해 다리를 다쳤다. 사는 데 불편을 끼칠 만한 장애는 아니었다. 회사에서는 사고보상금 대신, 내직을 제의했다. 그후 그는 이십년 넘게 아내가 세상을 뜰 때까지 전기공사 영업소에서 와이셔츠에 넥타이를 매고 근무했다.

　추락은 그의 집안의, 일종의 병이었다. 낚시터의 축대에서 떨어진 어머니의 사고가 느닷없는 것이긴 했지만, 예기치 못한 일이라고는 할 수 없다. 생의 가장 결정적인 순간에만 추락하는 아버지와는 달리, 어머니는 툭하면 어딘가에서 떨어졌다. 등산을 가서 바위에서도 떨어졌고, 공사중인 이웃집 옥상에서도 떨어졌다. 난간이 없는 곳이라면 어디에서든 떨어졌으나, 다행히 이 도시에 난간이 없는 위험한 곳은 그리 많지 않았다. 어머니가 그토록 자주 어딘가에서 떨어지는 것은 그녀의 균형감각에 문제가 있어서임이 틀림없었다. 사실 그녀의 뇌에는 분명히 어떤 문제가 있었다. 그녀는 툭하면 정신을 놓았다. 짧을 때는 일분에서 이분, 길 때는 이삼십분까지. 그런 증상이 처음 나타났을 때는, 도무지 예측할 수 없는 상황에서 정지상태가 발생하곤 했다. 길을 걷다가 문득, 가스레인지에서 생선을 굽다가도 문득, 세숫대야에 물을 받아놓고 머리를 감다가도 문득 그녀는 정신을 놓았다. 화재가 날 수도 있었고, 어머니가 치명적인 상태에 놓일 수도 있었으나 다행히 위험한 순간들이 묘기를 부리듯 비껴갔다. 그러한 증상이 계속되자, 어머니도 그 증상에 익숙해져갔다. 어머니는 몇분쯤 뒤에 자신에게 또 그와 같은 증상이 찾아오리라는 것을 예감할 수 있었고, 그러면 하던 일을 멈추고 의자에 가서 앉아 무릎 위에 손을 모으고 정지상태가 오기를 기다렸다. 만성천식환자가 모진 기침의 순간이 지나가기를 기다리듯, 그녀는 자신의 고질병이 이번에도 역시 순하게 지나가주기를 바랐다.

"그때 이후부터였다"고 아버지는 말했다. 그러니까 어머니가 그를 해치려고 한 바로 그 순간 이후부터. 어머니는 기억하고 싶지 않은 것을 기억하지 않기 위해 모든 힘을 바쳐야 했던 것이다. 기억의 저항은 너무나 강해서 온몸을 산산이 깨뜨려버릴 듯했다. 기억과 기억의 싸움, 그 가혹한 전투에서 몸이 비껴서는 방법은, 어쩌면 '릴랙스' 그뿐이었는지도 모른다. 그리하여 어머니는 툭하면 어딘가에서 떨어지고, 툭하면 정지상태가 되어야만 했던 것이다. 기억과 기억의 싸움을, 몸이 멀리 떨어진 곳에서 쳐다보았다. 그러나 정신이 돌아오면 두들겨맞은 듯한 통증을 느끼는 것은 기억이 아니라, 몸이었다.

당연한 일이지만, 어머니는 평생 동안 직업을 가져본 적이 없다. 그러나 어머니의 요리솜씨는 괜찮았고, 빨래는 눈부시게 해냈고, 집 안의 화단도 잘 가꾸었다. 아버지가 낚시에 미친 것처럼, 어머니는 화단에 집착했다. 사철 아름다운 꽃이 손바닥만한 화단에서 피어났다. 그 손바닥만한 화단에는 온갖 종류의 시체들이 묻혀 있기도 했다. 집 안에서 죽은 모든 것들, 벌레와 길고양이와, 아버지가 낚시터에서 잡아온 물고기도 있었다. 어머니의 정신적인 문제를 늘 불안해하던 아버지는 어머니에게 고함을 친다거나 화를 낸다거나 하는 일이 거의 없었지만, 화단에 무언가를 매장하는 일에 대해서만은 불같은 역정을 내곤 했다. 아버지는 그야말로 미친 듯이 화를 냈고, 때로는 집을 나가 며칠씩 돌아오지 않을 때도 있었다. 그러나 그렇다고 해서 꽃밭에 파묻힌 길고양이를 파내기 위해 삽을 들거나 하지는 않았다. 꽃은 더욱 아름답게 피었고, 아버지는 꽃 밑에 파묻힌 길고양이나 벌레나 물고기를 잊는 수밖에는 달리 방법이 없었다.

어머니가 돌아가신 후, 아버지는 급속도로 병들고 늙어갔다. 온몸에 잠복해 있던 병균들이 마치 그때를 기다렸다는 듯이 한꺼번에 튀어나온 몰골이었다. 아버지는 당뇨와 심장질환과 고혈압을 동시에 앓았으며, 온몸에는 종기가 돋아 진물이 흘렀다. 어머니가 살아 있었다면 아버지가 그와 같은 몰골로 그리 빨리 늙을 일도 없었겠지만, 만일에 그러했더라도 어머니는 아버지를 아주 잘 돌보았을 것이다. 그러나 어머니는 세상을 떴고, 아버지는 혼자다. 아버지는 온종일 하나뿐인 의자에 앉아 있었고, 누군가가 그를 옮겨놓지 않으면 며칠이고 그 의자에 앉아 있었다. 한때 운동으로 다져졌던 몸은 살이 빠져 탄력을 잃고, 꺼진 축구공같이 축 늘어진 아랫배는 허벅지 위에 걸려 있다. 아버지에게 남아 있는, 하나뿐인 아들인 그가 어쩌다 한번씩 아버지를 등에 업어 방으로 옮기고, 다시 아버지를 등에 업어 의자에다 앉혀주곤 했다. 그러나, 그뿐이었다. 그가 더, 무엇을 할 수 있겠는가.

집은 몇해째 팔리지 않고, 아버지가 한사코 바라보고 있는 대문 옆 화단은 꽃이 전부 죽어 이제 쓰레기로 뒤덮였다. 짐을 모두 내다버려 휑한 집 안에는 먼지와 벌레가 들끓었다. 아버지는 아주 가끔 입을 열어 말하곤 했다. "모든 게 그때부터였어." 그는 아버지가 줄곧 한가지 생각을 하고 있다는 걸 알았으나, 몇년 동안이나 이어지는 그 생각이 무엇인지는 도무지 알 수가 없었다. 혹시 아버지에게도 누군가에게 용서를 구해야 할 일이 있는 것일까. 그렇다고 하더라도 그 용서가 타인을 향한 것은 아니리라는 생각이 든다. 아버지의 삶은 고단했고, 당신이 소망하지 않은 것을 견뎌냈다는 점에서는 위대했다. 그러므로 용서를 구해야 한다면, 그것은 아버지가 견뎌온 당신의 삶에 대해서일 것이다. 마찬가지로 아버지는, 혹시 그러한 것이 진실로 존재한다면, 삶의 존엄에 대해서도 용서를 구해야 할 것이다. 병든 육체는 삶을 버리고 목숨으로만 남았다. 목숨으로만 남은 육체는 썩어가는 흔적과 구역질나는 냄새와, 진물과 고름이었다. 그 끔찍한 옷 속에서 생각이 홀로 부패하지 않으리라고는, 그는 믿을 수 없었다. 그리하여, 그를 견딜 수 없게 하는 것은 아버지의 냄새나는 몸이 아니라 그 몸속에서 같이 진물을 흘리며 냄새를 풍기고 있을 생각들이었다. 그는 아버지가 진실로, 마침내, 멈출 수 있기를 바랐다.

그의 입에서 긴 한숨이 새어나왔다. 아버지가 그에게 어머니의 비밀을 털어놓은 것은 혹시 어떤 결정적인 순간을 위한 암시가 아니었을까라는 생각이 들었다. 어미가 자식을 죽일 수 있는 것처럼 자식도 아비를 죽일 수 있다고, 두려워하지 말라고, 이유는 다만 '불안'일 뿐이라고, 용서받을 수 없는 '불안'은 세상에 없다고……

그는 아버지를 등에 업었다. 아버지의 상의가 침에 푹 젖어 척척했다. 그는 아버지를 방으로 옮겨 요 위에 누인 뒤, 장롱을 열어 담요를 꺼냈다. 아버지가 조용히 눈을 감았다. 그는 담요를 아버지의 턱 아래까지 올려 바람이 스며들지 않도록 잘 여며주었다. 그때, 아버지가 다시 눈을 떠, 그와 시선이 마주쳤다. 무언가 할말이 있는 듯한 눈이다. 그는 잠시 인내심을 갖고 아버지의 말을 기다렸다. 아버지의 입이 열리고, 희미한 말이 새어나왔다.

"모든 게 그때부터였어."

별로 의미있는 말은 아니었다. 그는 담요를 들어, 이번에는 아버지의 눈을 가렸다. 담요가 들숨과 날숨을 따라 흔들렸다. 그는 담요 위에 가만히 손을 얹었다가 곧 힘을 주기 시작했다. 담요

속에서 아버지의 말이 흘러나왔다.

"어차피 이렇게 될 걸, 태어나지 않았던 게 좋지 않았을까?"

말과는 평생 담을 쌓고 살아온 이 양반은 마지막 순간에 이르러서야 모든 말을 다 토해내려는 작정이 아닌가. 그는 마침내 거친 숨을 몰아쉬며 담요 위로 아버지의 얼굴을 찍어눌렀다. 이불 속의 몸이 격렬하게 흔들리기 시작했다. 그는 이불 위로 흔들리는 몸을 타고 앉았다. 움직일 수 없는 상체 대신 다리가 맹렬하게 흔들렸다. 몸을 타고 앉아 그는 한손으로는 얼굴을, 한손으로는 다리를 찍어눌렀다. 이불로 비오듯 땀이 쏟아지고, 누구의 것인지 알 수 없는 거친 숨이 뜨겁게 달아올랐다가 빠르게 식어갔다. 이불 속의 격렬한 흔들림이 점차로 잦아들더니, 마침내 완전히 멎었다. 아직 잦아들지 못한 그의 가쁜 숨만이 먼지가 뽀얗게 솟아오른 방 안에서 정적을 깼다.

정적의 시간이 잠시 흘렀다. 그의 얼굴은 땀으로 뒤범벅이었다. 이제 모든 것이 끝났을까. '그때'부터 시작된 모든 것이…… 그런데 '그때'란 대체 언제였을까. 어머니가 그를 죽이려고 한 그때, 아니면 군대에 가야만 한 그때, 아니면 원하지 않던 새끼를 밴 그때…… 생각해보면, 그때라고 일컬어질 수 있는 그때는 생의 모든 순간일 수 있었다. 어느해의 어느날 밥을 먹던 그때, 길을 걷던 그때…… 태어나 처음으로 울음을 터뜨린 그때, 슬픔과 고독을 안 그때, 공포 때문에 어린 주먹을 쥔 그때…… 까닭 없이 그의 눈에서도 눈물이 쏟아져나온다. 아버지는 어느 순간, 어느 때, 견딜 수 없는 두려움에 몸을 떨고, 견딜 수 없는 절망에 울음을 터뜨렸을까. 그리고 어느 순간, 어느 때, 기쁨과 행복을 견딜 수 없었을까. 그는 한손으로 눈물을 닦으며, 한손으로는 이제 미동조차 없는 담요 위를 쓸었다. 담요는 생의 가장 격렬한 전투를 치른 뒤끝의 열기를 아직도 고스란히 간직하고 있었다. 그는 그 뜨거운 담요를 조심스럽게 끌어내렸다. 작별인사가 필요하단 생각은 아니었다. 무언가 이상한 느낌 때문이었는데, 담요 속을 들여다보던 그의 얼굴이 뻣뻣하게 굳더니 가쁜 숨이 딸꾹질처럼 멈췄다. 담요 속에 있는 것은 아기의 시체였다. 그것은 사내아이였고, 놀랄 만큼 그의 얼굴을 닮아 있었다.

그는 자신도 모르는 사이에 엉덩방아를 찧으며 털썩 주저앉았다. 방문 밖에서 두런거리는 소리가 들려왔다. 완전히 넋이 빠진 얼굴로 그가 고개를 돌렸을 때, 의자에서 일어서는 아버지의 모습이 보였다. 아버지는 천천히 걸어 식탁으로 가고 있었다. 잠시 후, 식탁 의자에 앉은 아버지 앞으로 주방용 장갑을 낀 손이 다가와 된장찌개 뚝배기를 내려놓는다. 손은, 어머니 것이다. 어머니는 주방용 장갑을 빼 식탁 한쪽에 내려놓고 흩어져 이마로 내려온 머리카락을 쓸어올린다. 아이들이 우— 하고 달려와 식탁에 놓인 달걀부침을 손가락으로 집어든다. 어머니의 손이 그 손등들을 때린다. 쌍둥이의 손등…… 그리고 어린 여자아이의 손등이다. 그는 존재하지 않는다.

시간이 천년의 무게로 흘러갔다. 그는 하나뿐인 의자에 앉아 있다. 어머니가 살아생전에 앉았던 의자이고, 어머니가 세상을 뜬 뒤에는 아버지의 것이 된. 생각해보면 그는 어머니가 살아 있을 때도, 죽은 뒤에도 그 의자에 앉아본 적이 한번도 없다. 왜 그랬을까. 그가 사실은 살아 있는 사람이 아니라, 영혼이기 때문일까. 그는 홀로 어이없는 웃음을 짓는다. 그는 환상에 빠졌고, 자신의 존재를 잃어버렸다. 어머니, 혹은 아버지의 의자에 앉아 그는 자신이 그동안 어떻게 살아왔나를 생각해야 하는지, 아니면 어떻게 죽었나를 생각해야 하는지 혼란을 느낀다. 타인의 기억으로 살아남는 것이 나을까, 자신의 기억으로 죽어 사라지는 것이 나을까…… 살아 아버지의 살해자가 되는 것이 나을까, 죽어 어미에게 살해당한 자식이 되는 것이 나을까…… 어느 쪽의 선택도 마음에 들지 않는다. 그는 죽고 싶지도, 죽이고 싶지도 않다. 그는 잘 태어나, 아버지가 한때 꿈꾼 것처럼, 누구에게도 빚지지 않고 누구에게도 빚을 주지 않는, 그런 불가능한 소망대로 살고 싶을 뿐이다.

  그렇다고 죽음이 억울한 것은 아니다. 그는 고통 없이 죽어, 꽃 아래에 묻혔다. 불가능한 소망을 꿈꾼 죄는 아버지와 어머니에게만 남겨졌다. 그는 어느날의 어머니를 떠올린다. 어머니는 화단 앞, 달리아꽃 앞에서 울고 있다. 절망과 고독과 공포에 질린 스물몇살 여자는, 비명을 지르며 울고 있다. 그 시간, 아버지는 군대에서 연병장을 뛰고 있다. 열 바퀴, 스무 바퀴, 막강한 폐활량이 그를 쓰러지지 않게 한다. 아버지는 쓰러지고 싶으나, 쓰러지지 못한다.

  그때, 그는 어디에 있는가. 그의 기억은 누구의 것인가. 무슨 상관인가,라고 그는 생각하고 싶다. 다만 꿈이 너무 길 뿐이다. 아버지는 여전히 물고기가 되는 꿈을 꾸고, 쌍둥이 형들은 아메리칸드림이 되어 한국말을 잊고, 어머니는 더 뜨거운 달리아꽃을 가꾸는 꿈을 꾼다. 그러니 그가 단지 꿈속의 존재일 뿐이라고 하더라도, 그가 타인의 꿈이 아니라 그 자신의 꿈속의 존재인 한, 세상의 부조리에 미칠 악영향은 없다.

다만 그는 누구의 것인지 알 수 없는, 그러나 아직은 자신의 것이라고 믿고 싶은 어느날의 따뜻한 기억을 잃고 싶지 않을 뿐이다. 아주 오래전, 그들 가족이 소풍을 떠나던 날의 풍경이다. 쌍둥이 형들은 똑같이 나비넥타이를 매고 점잖을 빼고 앉아 있다. 말썽을 부리지 않으면 사탕을 두 개씩 주겠다고 어머니가 약속했기 때문이다. 어머니는 오층 찬합에 차곡차곡 김밥과 각종 고기전과 나물과 과일을 담고 있다. 이고 지고 끌고 가야 할 자식들이 너무 많아 낚싯대를 포기할 수밖에 없는 아버지는 턱받이에 침을 질질 흘리는 아기를 안고 있다. 아기는 간헐적으로 모질게 기침을 하는데, 만성폐렴 기운이 있는 것 같기도 하다. 아버지는 아기의 작은 목에 목도리를 감아준다. 아버지를 바라보는 아기의 입이 벙긋 벌어져, 그 달콤한 미소가 아버지의 가슴을 녹인다. 아버지는 문득 행복하다는 생각을 한다. 이만큼만 살 수 있다면, 우리끼리 이만큼만 살 수 있다면, 무엇을 희생해도 좋겠다는 생각이 들기도 한다. 김밥을 다 담은 어머니는 허리가 아픈 듯 잠시 어머니의 의자에 앉아 허리를 쉰다. 의자에 앉아, 어머니는 마루의 풍경을 바라본다. 어딘가, 무언가가 허전하다고 생각하긴 하지만 사라진 하나가 무엇인지는 알 수 없다. 어머니는 간혹가다 넋을 놓는다. 당신이 잃어버린 무언가를 생각하기 위해서이다. 그것은 대단히 중요한 것 같기도 하고, 따지고 보면 아무것도 아닌 것 같기도 하다.

어느 찬란한 오후

병숙과 승욱은 단오에 태어났다. 너희는 일년 중 가장 아름다운 날에 태어났다는 부모의 축복과는 달리 명절에 태어난 아이는 팔자가 사납다는 말을 해준 사람은 이웃 할머니였다. 명절에 태어난데다가 낮에 태어난 닭띠들이니 평생 마당에 떨어진 모이를 쪼아먹느라 사는 게 바쁘고 고단하겠다고도 했다. 승욱은 그 말이 자신의 인생에 최초로 드리워진 어두운 그림자라고 여긴 반면 병숙은 그 말을 자신의 비범한 운명에 대한 계시로 받아들였다. 둘은 쌍둥이였으나 같은 점이라곤 거의 보이지 않았다. 삼 분 먼저 태어난 승욱은 가난한 집안의 장남이라는 티켓을 손에 쥔 아이답게, 순하고 내성적이었다. 병숙은 달랐다. 그녀는 아무것도 양보하려고 하지 않았고, 지독하게 고집이 셌다. 양보할 것이 없는데도 늘 양보를 강요당하는 여자아이가 자기 외의 모든 것과 싸울 수 있는 무기란 사실 고집밖에는 없었다. 그렇다고 해봤자 그녀가 차지할 수 있는 것은 소풍날 꽁다리 없는 김밥도시락 정도였는데, 승욱이 김밥의 꽁다리를 훨씬 좋아했다는 것을 생각하면 그녀의 고집이란 게 얼마나 무가치한 데 쓰였는지 알 수 있다. 학기마다 한권씩만 구입하는 참고서와 자습서도 마찬가지였다. 병숙은 새 참고서에 먼저 밑줄을 그었고, 새 문제집의 문제에 먼저 답을 써넣었다. 하룻밤 사이에 참고서 전체에 밑줄을 긋고, 문제집을 전부 풀어서 자기 영역을 표시하는 일은 결코 쉽지 않았지만, 그래도 병숙은 그렇게 했다. 병숙이 그렇게까지 조바심을 내지 않는다고 하더라도, 승욱은 한학기가 다 지나가도록 참고서를 펼쳐보거나 문제집을 풀 생각이 없다는 사실을 병숙이 모른 것은 아니다. 그것은 다만 영토본능이었다. 오랜 뒤 병숙은 자신이 이란성쌍둥이로 태어난 사실을, 더군다나 승욱과 쌍둥이로 태어난 사실을 감사하게 될 터인데, 그것은 승욱이 그녀의 영토본능을 거의 자극하지 않는 사람에 속했기 때문이다. 그녀가 갖고 싶은 것이 승욱에게는 거의 없었다. 장남이란 사실은 축복이 아니라 불운에 속했으며, 남자라는 사실도 그렇게 보였다. 설령 그에게 무언가 마음에 들 만한 것이 있다 하더라도, 병숙과 그 때문에 분쟁을 일으킬 일은 없었다. 병숙이 그에게 원하는 것도 별로 없기는 했지만, 원하는 것이 있다면 승욱은 무엇이든지 주었다. 어쩌면 승욱이 그녀에게 가장 주고 싶은 것은, 그를 그로 만들어버린 운명적인 어떤 것, 핵심이라 말할 만한 어떤 것들이었을 것이다. 예컨대 그는 그의 성기를 병숙에게 옮겨 심을 수 있다면 능히 그렇게 했을 것이고, 다시 기회만 주어진다면 그는 더 오래 참고, 더 오래 인내하여 성미 급한 병숙이 그를 젖히고 어미의 자궁을 뛰쳐나가게 했을 것이다. 그러나 승욱이 모르고 있었던 것은 병숙 역시 오래된 시대의 가난한 집 맏딸이라는 사실이었다. 병숙은 그 사실을 잘 알고 있었고, 무지막지하게 고집을 피워 어머니나 아버지에게 등짝을 얻어맞는 동안에도, 자신이 언젠가는 출생으로부터 빚진 의무를 톡톡히 갚게 되리라고 생각했다. 어머니 아버지가 일찍 돌아가셨을 때, 그녀가 얼마나 어리둥절했는지, 무엇 때문에 그토록 깊은 상심에 빠졌는지를 완전히 이해하는 사람은 없었다. 그녀는 비교적 성공한 삶을 살아 나이 마흔이 넘었을 때는 제법 산다는 소리를 들었다. 그녀는 자신이 이제야말로 빚을 갚을 시기에 이르렀다고 생각했는데, 정작 손을 내밀어야 할 사람들은 그토록 서둘러 그녀 곁을 떠나버린 것이다. 병숙은 슬픔과 고통으로 어머니 아버지를 차례로 보내드린 후, 그 슬픔과 고통의 시선으로 자신의 형제를 바라보았다. 그녀와는 다른 성기를 가지고 태어난, 그녀의 쌍둥이 형제는 여전히 소심하고 내성적인 얼굴을 하고 있었다. 병숙과는 달리 승욱은 그리 성공적이라 할 수 없는 삶을 살았다. 아직 오십도 되기 전에 그의 등은 구부정했다. 그러나 그는 자신의 삶이 어떠할 것임을 일찍이 알고 있었던 성자처럼 삶도 운명도 비난하지 않았다. 법 없이도 살 사람이라고 일컬어지는 세상의 그 수없이 많은 무능한 사람들 중에 그녀의 쌍둥이가 끼어 있다는 사실은 병숙을 슬프게 했지만, 또한 기운차게도 만들었다. 어머니의 자궁 속에서 그녀가 엉덩이를 세게 걷어차 원치 않는 세상으로 먼저 내보냈던 형제에게 그녀는 이제 빚을 갚을 작정이었다.

닭집을 하는 승욱이 배달을 나갔다가 승용차와 추돌사고를 당한 것은 벌써 여러 달 전의 일이다. 연락을 받고 병원으로 달려갔을 때 승욱은 손끝 하나 다치지 않은 듯 멀쩡해 보였다. 승욱은 전에도 비슷한 사고를 당한 적이 있었다. 주문이 급히 밀려드는 시간에 스쿠터를 몰고 어두운 골목길을 내달리는 일은 십대 소년에게도 위험한 일이다. 승욱은 침대에 앉고 나머지는 의자에 앉거나 대충 서서 마치 남의 이야기를 듣듯이 사고가 일어난 상황을 전해들었다. 간간이 웃음소리까지 끼어들었다. 적어도 그때까지는 승욱이 그토록 오래 병원에 있게 되리라고 생각한 사람은 아무도 없었던 게 분명했다. 사고 당일까지만 해도 그토록 멀쩡하던 승욱은 이튿날부터 허리통증을 호소하기 시작했고 점차로 일어나 앉는 것조차 고통스러워하더니 거듭해서 수술실을 들락거렸다. 허리에 디스크가 심각하다고도 했고, 무너진 뼈 대신에 쇠심을 박는다고도 했고, 덮었던 수술 자리를 다시 열어본다고도 했다. 그러는 동안 보험회사 직원이 가족보다 더 자주 병실을 들락거렸으나, 텔레비전 광고에서 보이는 것처럼 보험회사가 '모든 것을 다 알아서' 해주는 것 같지는 않았다.

병숙은 한달에 한번쯤 승욱이 입원해 있는 병원을 찾아가거나 올케 경선이 혼자서 이고 지고 끌고 가는 닭집을 찾아갔는데, 처음에는 일어나 앉는 시늉이라도 하던 승욱은 나중에는 그런 시늉조차 버거워할 지경이었고, 역시 처음에는 새 기름에 첫번째 튀긴 닭을 접시에 모양 좋게 담아 내놓던 경선은 나중에는 식은 닭다리와 시든 양배추를 케첩자국이 묻어 있는 접시와 함께 내놓았다. 병숙은 승욱의 병원 침대 베개 밑에, 그리고 경선이 내놓은 닭튀김 쟁반 밑에다가도 돈봉투를 끼워놓았다.

매번은 아니지만 그래도 드물지 않게, 여동생 병희가 병숙과 함께 병원에도 가고 닭집에도 들르곤 했다. 병희는 자식 욕심이 많던 어머니가 폐경 직전에 거둔 자식이었다. 쌍둥이를 키워내느라 일찌감치 기운이 빠져버린 어머니의 자궁은 승욱과 병숙이 태어난 후, 그리고 병희가 태어날 때까지 여러차례의 유산과 사산을 거듭했다. 병희가 태어난 것은 사실 기적에 가까웠는데, 그토록 자식을 애달프게 원하는 듯하던 어머니와 아버지는 막상 이 늦둥이에게 특별한 애정을 보이지도 않았다. 병희가 태어날 무렵은 어머니와 아버지의 사는 일이 가장 바쁠 때였다. 쌍둥이의 등록금을 한꺼번에 마련하고, 한꺼번에 두 벌의 교복을 마련하고, 또 학원비를 한꺼번에 두 몫씩 마련하는 일은 쉽지 않았을 것이다. 병희에게 돈이 들 무렵에는 쌍둥이가 다 커서 언니 오빠 노릇을 든든히 해낼 거라는 생각만이 그들에게는 행복한 위안이 되어주었다. 상고를 졸업하자마자 취직한 승욱이 첫월급을 받았을 때, 가장 먼저 한 일은 병희에게 좋아하는 전기구이 통닭을 사준 것이었다. 병희가 통닭을 먹고 들어와 몹시 토하던 날까지, 그는 거의 일년 동안 매달 월급날마다 병희를 통닭집으로 데려갔다. 오랜 세월이 흘러 닭집 주인이 된 승욱을 볼 때마다, 병희는 오래전 그가 사주곤 하던 전기구이 통닭을 떠올리지 않을 수 없다고 했다.

그날 병희는 병숙보다 먼저 닭집에 도착해 있었다. 닭집에서 만나자고 약속을 해놓고는 병숙이 출발에 늑장을 부린 탓이었다. 경선은 주방에 서서 닭을 손질하다 말고 오셨어요, 고개를 까닥하고 병희는 앉은자리에서 무덤덤히 병숙을 쳐다보았다. 나이가 들어 이제 더는 아가씨 티도 나지 않는 병희는 여전히 독신이다. 병희는 누구 며느리인 적도 없고 누구의 아내인 적도 없으며 누구의 어미인 적도 없다. 그녀가 누구의 무엇인 적이 있다면 그것은 오직 그들의 나이어린 여동생일 뿐이다. 운 나쁜 남편과 사느라 잔뜩 부아가 나 있는 경선에게 시누란 존재가 그리 달갑지 않으리라는 것을 병희는 모른다. 병희는 경선이 내주는 콜라를 앉아서 받고, 따라주는 대로 마셨다. 병희가 마시는 콜라 잔에서는 닭기름 냄새가 진동했다.

병숙은 가게로 들어서자마자 팔을 걷어붙이고 앞치마부터 챙겼다. 밖으로 점심을 먹으러 나가자고 할 생각이었지만, 당장은 일을 손에 잡고 있는 경선을 모른 체할 수가 없다. 경선이 기다렸다는 듯이 그럼 이것 좀 옮겨달라고 말했다. 폐기름통이었다. 여러번 쓰는 동안 시커멓게 변색이 된 기름에는 밀가루 찌꺼기들이 연못 속의 뻘처럼 들어 있었다. 경선이 폐기름통의 뚜껑을 열자, 병숙은 욱 하고 욕지기가 치밀었다. 병숙이 폐기름통을 옮기는 사이, 경선은 새 기름을 부은 솥의 온도를 맞추었다. 그들에게 줄 닭을 튀기려는 모양인데, 경선은 병희가 어린시절의 지독한 체기 이후 닭고기는 입에도 대지 않는다는 사실을 전혀 모르는 사람처럼 굴었다. 그것은 하필이면 오늘 병숙이 병희를 데리고 닭집에 나타난 이유에 대해서도 마찬가지였다. 경선은 사는 일 말고는 모든 것에 무관심해지다 못해, 최근 들어서는 염치나 체면에 대해서까지도 그랬다. 병숙이 경선에게 닭을 튀기지 말고 오늘은 밖에 나가서 밥을 사먹자고 권하자 경선은 기다렸다는 듯이 앞치마를 벗으면서도 지갑은 챙기지 않았다.

  병숙은 경선과 병희를 차에 태워 병원으로 가 이번에는 승욱을 데리고 나와 갈비집으로 향했다. 경선은 승욱이 따라주는 대로 소주를 받아마셨다. 술기운이라는 것이 역시 좋아서 경선은 점점 말이 많아지고, 점점 웃음이 헤퍼졌다. 내가 오빠랑 그때 말이에요, 경선은 숨넘어갈 듯이 웃으며 말을 이었다. 승욱이 사고를 당할 즈음의 어느날, 경선은 승욱과 대판 부부싸움을 한 적이 있다고 했다. 텔레비전 뉴스시간에 조류독감에 관한 보도가 나오면서 시작된 일인 모양이었다. 가게 벽에 높이 매달려 있는 텔레비전 화면에 산 닭들이 땅속에 묻히는 장면이 나오더라고 했다. 닭들은 날개를 퍼덕이며 날아오르고, 처리반원들은 그 닭들을 삽으로 내리치며 파묻더라고. 경선은 리모컨도 없이 손을 길게 뻗어 채널을 돌려버렸다. 승욱이 리모컨을 찾아 다시 채널을 돌렸고 경선은 달려가 손을 길게 뻗어 텔레비전을 꺼버렸다. 승욱이 리모컨으로 켜면 경선이 손으로 끄고, 그러면 승욱이 다시 리모컨으로 켰다. 그러다가 갑자기 경선이 울음을 터뜨렸고, 못

살겠다고 했다는 것이다. 나 이제 더는 못살겠다고. 이렇게는 못 살겠다고. 이제는 닭냄새도 맡기 싫고, 당신도 보기 싫다고. 당신한테서도 닭냄새가 나서 옆에 오는 것도 싫다고. 그러니까 난 이제 당신하고 안 살겠다고.

"그런데도 아직 이렇게 살고 있네!"

경선이 다시 숨넘어갈 듯이 웃음을 터뜨리고, 승욱은 벽에 기댄 채 비스듬히 앉아 빙그레 웃고 있었다. 병희는 다만 병숙이 가위로 잘게 잘라 앞으로 밀어놓은 갈비를 묵묵히 집어먹을 뿐이었다. 자신의 잔에 스스로 술을 채우던 경선이 느닷없이, 우리 노래방에 가자고 외쳤다. 밥먹는 동안 앉아 있기도 힘든 사람한테 노래방엘 가자니…… 병숙은 울컥 노여움이 솟구치려는 것을 참았다. 오늘 같은 날은, 어쩌면 노래방에 가는 것도 나쁜 일은 아닐지 모른다.

병숙의 남편은 병숙이 쌍둥이인 것을 알지 못한 채 결혼했다. 어려서부터 그녀는 쌍둥이라는 사실 때문에 놀림을 받았다. 병숙과 같은 반 아이들이 승욱을 찾아가 구경하고 오거나 승욱의 반 아이들이 병숙의 반으로 몰려와 웃음을 터뜨리는 것은 학년이 바뀔 때마다 생기는 일이었다. 결혼하고 싶은 사람이 생겼을 때, 병숙은 자신이 쌍둥이라는 사실을 밝혀야 할 그 어떤 이유도 찾을 수 없었다. 그녀가 승욱을 오빠라고 처음 부른 것은 남편이 그녀의 집에 인사를 오던 날이었다. 병숙의 남편이 승욱이 병숙보다 한살 많은 오빠가 아니라 실은 쌍둥이라는 사실을 알게 된 것은 결혼을 하고 나서도 몇년이나 지나서였다. 병숙의 남편이

기막히다는 표정을 지어 보였을 때, 병숙은 시침을 떼고 말했다.
 내 책임이 아니에요. 그건 내 기억에 없는 일이니까. 내가 걜 내 집에 불러들인 기억이 없단 말이에요. 태어나긴 늦게 태어났어도 생긴 건 내가 먼전데. 그러니까 그건 엄연히 내 집이었는데 그 자식이 은근슬쩍 밀고들어온 거야.
 그러나 기억에 없다는 말은 사실이 아니었다. 그녀는 그녀의 성장기 전체 모든 순간에서 그녀의 형제를 기억하는 것만큼이나, 자궁 속에서의 시간들까지도 기억했다. 기억은 의지가 아니라, 그저 간직되는 것이다. 표현할 수는 없지만 병숙은 자신의 존재가 시작되던 순간, 또 하나의 존재가 같은 통증을 느꼈다는 것을 알았다. 그리고 그 통증이 평생 동안 가게 되리라는 것도 알았다. 어느날 자신이 몹시 아프게 된다면, 승욱도 같은 크기의 고통을 겪으리라고 그녀는 믿었다. 쌍둥이에 관한 미신을 가장 확고하게 믿는 사람은 바로 쌍둥이 자신들이다. 그랬음에도 승욱이 여러 종류의 불운을 겪을 때마다, 병숙은 그 불운을 전혀 느끼지 못했다. 승욱이 군대에서 가족들도 모르게 맹장수술을 받았을 때 병숙은 연필 깎는 칼에 베이는 정도의 통증도 알지 못했다.
 "무슨 쌍둥이가 그래?"
 승욱이 교통사고를 당했을 때 그 소식을 먼저 들은 병숙의 남편은 병원으로 가는 차 안에서 농담처럼 말했다. 병숙은 손으로 허벅지를 쥐어뜯어 멍자국이라도 내고 싶다고 생각했다. 왜 그런 생각이 들었는지는 모른다. 그녀는 승욱 없는, 그리고 병희

없는 자신을 생각할 수 없었는데 그것은 남편을 생각할 때와도 달랐고, 자식들을 생각할 때와도 달랐다. 애정의 깊이와 맹목성을 생각한다면 자식들을 향한 것과는 비교할 수도 없겠지만, 그것이 비교될 수 없는 것이란 점에서는 비교할 가치도 없는 것이었다. 그것은 자궁의 문제였고, 말하자면 존재의 문제였다. 그리고 그것은 아마도 그녀가 늙어간다는 것을 말할 터였다.

　노래방으로 자리를 옮긴 후, 경선은 신이 났다. 가장 편안한 의자에 승욱을 앉히고 병숙과 병희가 나란히 자리를 잡았다. 그러나 반대쪽에 앉은 경선이 마이크를 잡자 병희가 얼른 자리를 옮겼다. 병희는 상대가 누구이거나, 습관적으로 거리를 띄웠다. 쏘파에 나란히 앉아야 할 때조차도 병희는 맨 끝에 앉았다. 병숙이 일부러 끝에 앉은 병희 옆에 가 앉으면 그녀는 바닥에 내려가 앉거나, 슬며시 일어나 다른 자리로 옮겨가곤 했다. 자신에게만 해당하는 행동이 아니라는 걸 알면서도, 병숙은 그럴 때마다 마음을 다쳤다.
　경선이 노래를 부르고 병희가 노래책을 뒤적거리는 동안, 병숙은 손을 바닥으로 내려 정신없이 발을 주물렀다. 피로가 발로 몰려오는 것은 무슨 증상일까. 서 있을 때는 물론이고 쏘파에 앉아 있거나 침대에 누워 있을 때도 발이 아파 견딜 수 없을 때가 많았다. 밤이면 문득 잠에서 깨어 벗어놓은 양말을 다시 신고 나서야 또다시 잠들 수 있었는데, 그런 날은 어김없이 가위에 눌리는 꿈을 꿨다. 발이 뻘이나 모래에 묻혀 있는 기분이었고, 몸은 뻣

뻣한 나무토막 같았다. 의사는 스트레스가 원인이라며 스트레스를 줄여야 한다는 진단을 내렸다. 굳이 병원까지 찾아가서 들어야 할 진단은 아니었다.

스트레스는 어디에나 있다. 좋은 얼굴로 형제들과 함께 밥을 먹고 노래를 부르고는 있지만, 이런 일 역시 스트레스가 아니라고는 할 수 없다. 그것은 다만 어려운 형편에 빠진 승욱 때문만이 아니라 병희 때문이기도 했다. 병희는 갈수록 점점 더 모든 것으로부터—뭐라 말할 수 없는 모든 것으로부터 낯설어지고 있는 게 분명했다. 아무런 사건도 없이, 아무런 곤란도 없이, 다만 혼자 늙어가고 있는 병희의 삶이 승욱과 경선보다 낫다고 누가 말할 수 있겠는가.

병숙이 김치와 깍두기 따위를 싸들고 병희의 집을 찾아갈 때마다 학원강사라 저녁에만 일하는 병희는 대낮에도 잠들어 있기 일쑤였고, 그녀가 시도때도없는 잠에 빠져 있는 열몇평짜리 원룸은 끔찍할 정도로 지저분하고 어두웠다. 손에 닿고 발에 밟히는 것은 온통 오래된 책과 복사용지 들이었는데, 컴퓨터는 밤이고 낮이고 켜져 있는 듯했다. 병숙이 그 집을 들었다 놓은 듯이 쓸고 닦는 동안 대기모드 상태의 컴퓨터 화면에서는 물고기가 쉼없이, 끝없이, 아주 느린 속도로 헤엄치고 있었다. 혹시 병희의 삶이란 저 물고기 같은 것이 아닐까.

한번인가는, 병희의 책상 옆 쓰레기통에서 콘돔을 발견한 적도 있었다. 그런 물건이 침대 옆도 아니고 책상 옆에 있는 것은 무슨 까닭일까. 병숙이 쓰레기통을 물끄러미 들여다보는 동안에도 검은 모니터 속에 갇힌 물고기는 한없이 느린 속도로 헤엄치고 있었다. 저 물고기는 얼마나 오래 헤엄을 쳐야 모니터 바깥으로 나갈 수 있을까, 병숙은 그런 생각을 하는 자신이 이상하게 여겨졌다.
　몇년 전까지만 해도 병숙은 병희가 평생 그렇게 혼자 살지는 않을 거라고 생각했다. 설령 그런 생각이 들었더라도 그게 걱정스럽게 여겨지지도 않았을 것이다. 병숙은 자신이 너무 빨리 결혼해 일찌감치 생활의 무게에 짓눌려버린 것이 늘 후회스러웠다. 남편은 그녀보다 훨씬 조건이 좋은 남자였다. 그를 만났을 때 그녀는 자신의 모든 감각이 마치 낚싯대의 찌처럼 그를 향해 움직이는 것을 느꼈다. 찌는 수면 위에 떠 있지만, 욕망은 수면 아래에서 맹렬하게 숨을 헐떡였다. 그것은 그녀가 그때까지와는 완전히 다르게 살 수 있는, 말하자면 오롯이 그녀 자신으로만 존재할 수 있는, 혹은 자정이 되어도 끝나지 않으리라고 약속된 파티의 초대장 같은, 그 모든 것을 다 합쳐놓은 기회로 여겨졌다. 남편이 그만큼 대단해서가 아니라 그녀 자신이 그만큼 초라하기 때문이었다. 한몫을 다 받고 커도 부족했을 가난한 집안의 딸, 그러나 그녀는 태어나서 그때까지 늘 반조각이었다.
　결혼 후, 병숙을 가장 놀라게 한 것은 그토록 위대한 선택이었던 결혼이 그토록 구태의연하다는 사실이었다. 육아문제, 시댁문제, 거듭 평수를 늘려가는 아파트 때문에 항상 어느정도씩은 쪼들리게 마련인 가계부…… 그리고 그후로는 남편에게 슬쩍슬쩍 스쳐가는 여자문제와 자신의 때이른 폐경…… 그런 것들. 다행히 아들만 있었으니 망정이지 딸이 있었다면 병숙은 그 딸이 자기처럼 서둘러 결혼한다고 나설까봐 늘 조바심을 쳤을지도 모른다. 자식에 대해서도 그러할진대 하물며 동생이야. 오래전 병희가 연애에 실패했을 때도, 그리고 그후 다시는 그같이 결정적인 연애를 시도하지 않는 것을 보면서도 병숙은 걱정하지 않았다. 병희는 평생 늙지 않을 것 같았고, 언제나 그녀의 어린 여동생일 것만 같았다. 그러나 병숙은 이제 어쩔 수 없이 병희의 늙어가는 시간들을 걱정하지 않을 수 없었다. 어쨌거나 하나뿐인 여동생이, 남편도 없이 자식도 없이, 좁아터진 열몇평짜리 원룸에서 홀로 늙어간다고 생각하면, 가슴이 서걱거리다 못해 사포로 문대지는 듯했다. 그것은 승욱이나 경선을 떠올릴 때는 느끼지 못하는 감정이었다.

몇번인가 병숙은 병희에게 앞으로 어떻게 살 거냐고 물어본 적이 있었다. 거북한 질문이기는 했지만 언니로서 모른 체할 수도 없는 일이었다. 그때마다 병희는 아주 낯선 시선으로 병숙을 쳐다보았다. 마치 그게 언니하고 무슨 상관이냐고 묻는 듯했는데, 자기와는 아무 상관도 없는 타인을 바라보는 듯했다. 그 시선의 거리 때문에 오히려 병숙의 가슴이 더럭 내려앉았다.

언젠가 병희가 병숙에게 고래 이야기를 한 적이 있었다. 어느 나라라던가 어디 해안에 고래 한마리가 밀려와 죽었는데 그 시체를 처리하기 위해 고래 몸에 폭약을 설치했다는 것이다. 하긴 고래를 묻어줄 만큼 거대한 땅을 구하는 것이 쉬운 일은 아니었을지도 모르고, 죽은 고래를 그냥 바다에 띄워 보내는 것도 올바른 일은 아니라고 여겼을지도 모른다. 어쨌든 그 나라 사람들은 고래를 폭파하기로 결정했고, 사람들은 그 장관을 구경하기 위해 버스를 타고 기차를 타고 바닷가로 몰려들었다. 그런데 발파를 하는 순간 짐작하지 못한 상황이 발생했다. 펑, 하는 요란한 소리와 함께 고래가 폭파되기는 했는데 그 어마어마한 파편이 바다가 아니라 도시 쪽으로 튀었다는 것이다. 고래 시체에서 터져나온 피와 파편은 구경을 나온 관람객들의 양산 위뿐만 아니라, 도시의 가로수 위에, 자동차 위에, 지붕 위에, 그리고 도시의 중심을 흐르던 강물에까지 쏟아져내렸다. 그 아비규환이 어느정도 진정된 후 고래를 보니, 고래는 여전히 반덩어리의 시체로 남아 있더라는 것이다.

"언니, 난 그냥 말이야, 멀찌감치 떨어져서 사는 걸로 만족해. 굳이 양산까지 쓰고 그 먼 바닷가로 고래 찌꺼기를 뒤집어쓰러 갈 생각은 없다는 거야."

병숙은 병희의 말을 이해할 수 없었다. 동의할 수 없는 것이 아니라, 말 그대로 이해할 수가 없는 것이다. 그러니까 병희는 승욱이나 병숙의 삶이 죽은 고래의 찌꺼기를 뒤집어쓰고 더럽혀진, 그러나 고래보다도 더 쓸모없는 쓰레기거나 허세에 불과하다고 말하는 것일까.

노래 한곡을 끝낸 경선이 마이크에 대고 병숙을 연호하듯 부르고 있다. 쏘파에 길게 눕다시피 앉아 있는 승욱이 무거운 팔을 들어올려 박수를 친다. 병숙이 앞으로 나가자 경선은 승욱에게로 가서 포개지듯 엎어진다. 허리를 다친 사람에게 저런 식으로 굴다니…… 병숙은 경선이 때때로 병실의 승욱을 불러내 가게 일을 시키기도 한다는 것을 알고 있었다. 울컥 솟아오르려는 분노를 경선의 울음소리가 막아버린다. 병든 남편의 가슴에 포개진 채 엎어져 경선은, 저놈의 닭들이, 저놈의 닭들이, 앞뒤를 알 수 없는 말을 외치기 시작했다. 잘 들어보니 승욱과 대판 싸움을 벌인 날 텔레비전에서 보았다는 닭들을 말하는 모양이었다. 저놈의 닭들이, 명색이 새라는 것들이, 날아 도망도 못 가고, 저놈의 닭들이, 푸드덕푸드덕, 그래도 날개는 있다고, 그 날개가 삽날에 찍혀, 저놈의 닭들이…… 날개가 찍혀…… 경선의 말은 더이상 들리지 않았다. 병희가 병숙 대신 먼저 노래를 부르기 시작했기 때문이다. 노래는 뜻밖에도 명랑하기 짝이 없는 멜로디였는데, 경선이 울고 있거나 말거나, 병희는 무표정한 얼굴로 노래를 불렀다.

한 자궁 속에 같은 둥지를 튼 것은 병숙과 승욱이었으나, 찍은 듯이 닮은 것은 병희와 승욱이었다. 십삼년이란 세월을 사이에 두고 태어난 여자아이가 자기와 그토록 닮은꼴이라는 사실에 승욱은 어떤 감정을 느꼈을까. 병숙은 승욱에 대해 모든 것을 기억했으나, 그와 같은 것을 느껴본 적은 없었다. 승욱에 대한 병숙의 기억은 영토싸움이거나, 영토싸움이 아니거나 둘 중의 하나였다. 그녀는 본능적으로 그에 대해서 긴장했고, 주먹을 풀려고 하지 않았다. 승욱은 자신의 쌍둥이 여동생을 사랑할 방법이 없었을 것이다.

그러나 자기보다 십삼년이나 늦게 태어난 병희는 달랐다. 그들은 생긴 것도 닮았지만, 지독할 정도로 말수가 적은 것도 닮았고, 겉으로 내보내는 것보다 안으로 삼키는 것이 더 많다는 점에서도 닮았다. 병숙은 자주, 그들이 의식하지도 않는 사이에 같은 곳을 바라보고 있는 것을 발견하곤 했다. 오래전 그들은 공항 근처에서 한동안 산 적이 있었다. 먼친척인 집장수가 지어놓고 팔리지 않던 집에 잠시 살게 된 것인데, 당시 초등학교에도 입학하지 않았던 병희는 비행기가 뜨고 내리는 것이 환히 보이던 그 집에 당장에 매혹되었다. 삼층짜리 연립주택의 맨 꼭대기층인 그들의 집에서는 끝도 없이 넓은 들판과 먼산과 공항의 관제탑과 하루에도 몇차례씩 뜨고 내리는 비행기가 보였다. 병희는 베란다에서 살다시피 했고, 바깥으로 나가서는 온갖 것들을 주워들였다. 사금파리부터 녹슨 콜라병 뚜껑까지 손에 닿는 무엇이든 주워와 그것이 비행기에서 떨어진 것이라고 말했다. 그때까지 식구들 중에 비행기를 타본 사람은 아무도 없었기 때문에, 철로 주변에 달걀껍데기나 콜라병 같은 쓰레기가 있는 것처럼 공항 근처에도 무언가 떨어져 있는 것은 당연하다고 여겼고, 병희의 말을 거짓말이라고 생각해야 할 이유도 없었다. 그러나 병희가 비행기에서 사람이 떨어지는 것을 보았다고 했을 때는 문제가 달랐다. 병희의 말에 따르면 날아가는 비행기에서 쿵 하고 뭔가가 떨어졌는데 그것이 벌떡 일어나더니 엄마를 부르며 달려가기 시작하더라는 것이다. 몸집이 아주 작은 아이였다고 했다. 아이는 너무 작고 비행기는 너무 빨리 날아갔기 때문에 아이는 그때부터 지금까지 비행기를 쫓아 달리느라고 쉴 틈이 없다고도 했다. 아무도 믿지 않는 그런 말을 해놓고는, 병희는 그날밤부터 나쁜 꿈을 꾸기 시작했다. 밤마다 비명을 지르고 깨어 일어나 베란다로 달려나가서는 저기 그 아이가 달려가고 있다고 다시 소리를 질렀다. 저 아이가 내 꿈속에서 나와 지금은 저기서 달리고 있네! 자꾸 가위에 눌리는 병희 때문에 덩달아 잠자리를 설치곤 하던 식구들은 병희를 따라 베란다에 나가 어두운 벌판을 내다보았다. 병숙은 그녀의 어머니 아버지와 마찬가지로 아무것도 볼 수 없었지만, 승욱이 병희와 같은 것을 보고 있음은 알 수 있었다. 승욱은 병희의 손을 꼭 잡고, 병희가 바라보는 곳을 같이 보고 있었다.

  그들은 마치 한몸에서 뻗어나온 오래된 가지와 새순 같았다. 군대에 간 승욱이 식구들도 모르게 맹장수술을 했을 때, 복부가 찢겨져나가는 통증을 느낀 것은 병숙이 아니라 병희였을 것이다. 가난한 집안의 장남으로 태어났다는 사실을 그토록 순순하게 받아들인 승욱이 어떤 꿈을 가지고 있었는지를 가장 잘 아는 사람도 아마 병희였을 것이다. 승욱이 월급날마다 사주던 전기구이 통닭에 체기를 일으키고 다시는 닭고기를 입에 대지 못하게 된 것처럼, 병희는 승욱이 가지고 있는 꿈에도 체증을 일으킨 게 틀림없었다. 세상의 모든 꿈에는 고단한 생의 대가가 따른다는 것을, 병희는 너무 일찍 알아버렸는지도 모른다. 그때 비행기에서 떨어진 건 혹시 오빠가 아니었을까. 승욱이 교통사고를 당한 날, 집으로 돌아가는 차 안에서 병희가 한 말이었다. 힐긋 돌아보았을 때 병희의 얼굴은 언제나처럼 무표정했다. 병숙이 자신의 책상 옆 쓰레기통에서 버려진 콘돔을 발견했다는 것을 알았을 때도, 병희는 그런 표정을 지어 보였다.
"나는 이런 생각을 해."
언제인지는 알 수 없다. 병숙이 병희에게 이런 말을 한 적이 있다. 우리 모두가 다같이 어린시절로 돌아갈 수 있다면, 그래서 뭐든지 다시 한번 시작해볼 수만 있다면, 그런 기회가 주어진다면 나는 뭐가 되고 싶을까. 어떻게 살고 싶을까. 병희가 병숙의 말을 툭 자르며 대꾸했다. 그럴 수 있다면 언니는 혼자서 태어나고 싶을 거야. 그 말을 듣는 순간 병숙의 가슴에서 구멍이 열리는 듯했다. 아주 오래전부터 있었던 구멍의 봉인이 풀려, 회오리 같은 바람이 쑥 지나가는 듯도 했다. 어떻게 말해야 할까. 자신에겐 남편과 두 아들이 있고, 제법 넓은 평수의 아파트가 있고, 노후를 위해 준비해둔 저축도 좀 있다. 자신이 갖고 있는 것이 얼마나 많은지 그녀는 잘 알고 있다. 그것은 그녀의 평생이 담긴 삶이며, 또 평생을 가게 될 삶이다. 그녀는 가끔 이렇게 많은 것을 주셔서 감사하다고, 불특정한 신에게 감사했다. 그때 그녀의 감사하는 마음이 진심이 아니라고는 절대 말할 수 없다. 그러나 마찬가지로, 울컥울컥 염증이 솟아나는 듯한 심정도 과장된 것이라고는 말할 수 없다. 아이들은 학교에서 돌아오지 않고 남편도 귀가가 늦은 어느 어스름 저녁, 그녀는 어두워가는 거실에서 두 주먹을 불끈 쥔 채 그렇게 이유를 알 수 없는 노여움에 빠져 있었다. 구멍은 노여움에 공허의 옷을 입히고, 다시는 그 뚜껑을 닫으려고 하지 않았다. 그것은 욕망의 문제가 아니라고, 병숙은 혼자 생각했다. 그것은 어쩌면 좀더 근본적인 것, 태어난 곳을 바라보는 문제일지도 모른다고 생각했다. 물론 그런다고 해서 무엇이 달라지겠는가. 그러나 욕망의 문제가 아닌 것처럼 그것은 변화의 문제도 아니었다. 다만 그것은, 시선의 문제일지도 모를 일이다.

노래방에서 나왔을 때, 밖은 아직도 한낮이었다. 술에 취한 경선을 병희에게 맡길 수 없어 승욱은 병희에게 맡기고 병숙은 경선을 차에 태웠다. 구부정하게 등이 굽은 승욱이 병희와 함께 걸어가는 모습이 마치 찬란한 햇살의 이면처럼 바라보였다. 병숙은 잠시 숨을 가다듬은 후에야 시동을 걸었다. 술에 취해 정신을 못 차리는 줄 알았던 경선이 반듯하게 앉아 안전벨트를 매고, 가게로 가는 거지요? 목소리도 말짱하게 냈다. 괜찮으냐고 묻자 경선은 웃음소리까지 냈다. 전생에 무슨 인연이 있어 이렇게들 만났을까요. 술이 완전히 깬 건 아닌 모양이었다. 경선의 말투가 사뭇 감상적이다. 그 사람, 고모의 쌍둥이 오빠 말이에요, 그 사람은 내가 아는 사람 중에서 가장 착한 사람이에요. 그런데 왜 그 말이 욕으로 들릴까, 병숙이 속으로 생각하는데 경선이 말을 이었다. 욕 아니에요. 착하다는 게 흉인 세상에 살고는 있지만, 흉 안 잡히려고 안 착할 수는 없잖아요. 그러니까 그 사람도 방법이 없는 거예요. 승욱은 착했고 병숙은 모질었다. 둘은 섞어서 반을 나눈 게 아니라 짝수와 홀수로 나누어놓은 것처럼 달랐다.

처음부터 그렇게 나온 것은 아닐지도 모른다. 병숙이 원하는 것을 가진 후 남은 것을 승욱이 가졌을 것이다. 그러니 승욱에게는 방법이 없다는 말은 맞다. 그러나 방법이 없는 것은 병숙도 마찬가지였다. 흉을 잡히지 않으려고 착한 척하고 살 수는 없었다. 가난한 집안에 쌍둥이 여동생으로 태어나, 자기 몫을 챙긴다는 것이 얼마나 힘든지는 누구나 쉽게 짐작할 수 있는 일이 아니다.

나는 이런 생각을 해요. 병숙은 액셀러레이터를 밟으며 말했다. 내가 다시 어린시절로 돌아갈 수 있다면, 그래서 뭐든지 다시 한번 시작해볼 수만 있다면, 그런 기회가 주어진다면 나는…… 뭐가 되고 싶어요? 경선이 묻고 병숙이 웃었다. 나는 잘 태어나고 싶어요. 나는 자궁 속까지 돌아가서 아주 잘 태어나고 싶어요. 그래서 죽는 날, 이렇게 말할 수 있다면 좋겠어요. 나는 아주 잘 와서 잘 있다가 간다고요. 병숙의 말을 듣는 경선의 안색이 좋지 않았다. 고모는 잘살았잖아요. 뭐가 더 부족해서요? 병숙은 대답 대신에 핸드백을 끌어당겨 그 속에서 봉투를 꺼냈다. 이번엔 좀 많이 넣었어요. 오늘은 날이 날이니까,라고 말을 이으려다가 병숙은 말을 돌렸다. 요새 장사도 영 안되는 것 같고 해서요. 경선의 무릎에 봉투를 올려놓는데 경선이 갑자기 울음을 터뜨렸다. 아무래도 술기운이 오래가는 모양이었다. 경선은 두 손으로 얼굴을 감싼 채 그 사람은 방법이 없었다고요, 반복해 중얼거렸다. 노래방에서 저 닭들이, 저 닭들이, 하며 외치던 것과 똑같은 목소리였다.

집으로 돌아가는 길, 한낮인데도 올림픽대로가 막힌다. 병숙은 기어를 중립에 놓고 브레이크를 잡고 있던 발을 잠시 편하게 놓았다. 옆 차선의 차 안에 두 아이를 태우고 가는 젊은 여자가 보였다. 남자아이만 둘인데 병숙의 아들들이 그랬던 것처럼 끔찍하게 말썽쟁이들인 모양이었다. 젊은 엄마가 운전대를 잡은 채 어깨를 돌려 아이들을 때리는 모습이 위태롭기 짝이 없다. 병숙의 얼굴에 웃음이 번진다. 연년생 아들 둘을 키우는 동안 그녀의 젊었던 시간이 얼마나 고단했는지는 하느님만이 아실 것이다. 아이 둘이 싸우면 한 아이는 이쪽 방에 가두고 또 한 아이는 저쪽 방에 가두고, 그녀는 이쪽 방 저쪽 방을 뛰어다니며 애들을 때려주었다. 그 고단하고 바쁘던 시절은 그러나 소박한 행복으로 가득 차 있었다. 눈깜짝할 사이에 그 세월이 다 지나가버릴 줄은 몰랐다. 그러나 그렇게 눈깜짝할 사이에 지나가버린 것은 그녀 아이들의 유년뿐만이 아니라 그녀의 유년도 마찬가지다. 아니, 그녀의 생 전부가 그러하다. 돌아보려는 순간 이미 그것은 너무나 오래된 과거형이 되어 있다. 그러나 삶이나, 그 삶의 중심에 허방처럼 뚫린 구멍에도 경외해야 할 것이 있다면, 그것은 중심이 아니라 중심을 둘러싼 모든 사소한 것들일 수 있다. 같은 소풍날 먼저 차지하기 위해 애썼던 김밥도시락이나, 참고서를 사자마자 책의 옆면에 자기 이니셜을 먼저 써넣고는 어머니에게 등짝을 맞던 기억들, 그리고 공항 근처에서 살던 한때, 병희의 악몽을 좇아 밤마다 맨발로 나가 바라보던 베란다 바깥의 어둠, 그런 것들.

생각해보면 김포 벌판에 외따로 떨어져 있던 연립주택에서의 몇달은 그들이 가장 먼 곳, 혹은 가장 높은 곳을 바라보며 산 시기였는지도 모른다. 봄벼가 푸르게 익던 평야와, 그 평야 위로 높이 날아오르던 비행기는 지금도 눈에 선하다. 그리고 베란다의 난간에 올려져 있던 그들 삼남매의 흰 손등도. 오랜 세월 후, 병숙은 비행기에서 그들이 한때 살았던 곳이라고 짐작되는 벌판의 어느 한 지점을 내려다본 적이 있다. 그때 어쩌면 그녀는 비행기에서 떨어져 그때까지도 벌판을 달리고 있는 어린아이를, 아니 이제는 중년이 되어 어깨가 구부정해진 한 사람을 보았을지도 모른다. 어린시절 병희가 본 그 어린아이는 승욱일 수도 있지만, 어쩌면 자신일 수도 있다. 그때부터 지금까지 비행기를 쫓아 달리느라 그래서 이토록 발이 아픈 것인지도.

길이 다시 풀리기 시작하자 병숙은 얼마쯤 차를 몰다가 갓길로 빠져나왔다. 여전히 맹렬하게 아픈 발바닥보다도 중요한 것을 잊은 것이 새삼스레 떠올랐기 때문이다. 차를 세우고 휴대폰을 꺼내 병숙은 승욱의 병실로 전화를 걸었다. 같은 병실을 쓰는 환자가 잠깐 기다리라고 하는 사이, 병숙은 룸미러에 비친 자기 얼굴을 바라보며 나지막이 말했다.

"생일 축하해."

생각해보면, 그녀는 승욱에게도 자신에게도 진심으로 생일축하를 해본 적이 없다. 그것은 나이가 들면 들수록 더욱 그러해서, 이제 와서는 누군가가 굳이 생일을 기억해주는 일조차 귀찮게 여겨졌다. 그러나 생의 어느 한 지점쯤에서는 진심으로 자기의 생일을 축하해주는 어느 하루가 있는 것도 나쁘지는 않을 것이다. 그녀는 그 생일축하의 말을 그녀의 쌍둥이 형제에게 듣고 싶었다. 여보세요, 승욱의 목소리가 건너왔다. 그리고 병숙은 흠흠, 기침소리를 냈다. 세상에서 가장 낯간지러운 말을 해야 하기 때문이다. 오늘이 단오인 걸 알고 있어? 말을 하기도 전에 맹렬하게 아프던 발바닥의 통증이 조금쯤 가시는 듯했다. 입안의 말이 입밖으로 나오기도 전에 스스로 위로받았기 때문인지도 몰랐다.

조동옥, 파비안느

수령옹주 묘지(墓誌)는 중앙박물관 도록 134면에 나와 있다. 고려 1335년 충숙왕 복위 4년의 것으로 기록된 이 묘지의 화보는 희고 매끈한 재질의 고급 종이로 묶인 도록 속에서 유독 거무튀튀하다. "고려시대의 묘지는 판석에 글을 쓸 면을 잘 다듬고 그 위에 지문을 음각한 것이 전형적이었다"고 도록은 설명한다. 그러니까 세로 86.5센티미터 가로 61센티미터의 검은색 지석(誌石)은 판석이란 소리다. 돌에 대해 아는 것이 없으니 판석이란 정보가 유의미할 것은 없다. 그녀가 꼼꼼히 들여다보는 것은 그 검은 판석 위에 새겨진 홈집들이다. 보존상태가 나쁘지 않아, 들여다보면 생생히 살아나올 듯한 지문 위로 바람이 스쳐지나간 것 같은 흔적들이 대각선으로 넓고 좁게 그어져 있다. 날카로운 것에 긁힌 듯한, 그래서 쇳소리를 낼 듯한 흠집들은 아마도 인위적인 것일 터이다. 그러나 바람에 쏠린 듯한 대각선 무늬들은 바람처럼 빠르고, 지속적이고, 거세어 보인다. 땅속에도 바람이 불까. 혹은 바람이 땅속에서 생성되는 것일까. 묘지는 '묘지석, 묘지명이라고도 하는데 죽은 사람의 성명과 경력 등을 새겨서 무덤 옆에 파묻는 돌이나 도판, 또는 거기에 새긴 글을 일컫는다'라는 도록의 설명처럼 수령옹주의 묘지는 육백년 이상을 땅속에 묻혀 있었다.

한뼘도 안되는 길이로 축소된 화보지만, 가만히 들여다보니 '대원고려국고수령옹주묘지명'이라는 글자가 해독된다. 아래로 쏠린 바람의 결을 따라 그다음 줄이나 다시 그다음 줄까지도 읽어낼 수 있을 것 같다. 金氏爲貴族蓋起新羅之初…… 김씨는 귀족으로서 그 기원은 신라초부터이다. 俗傳金櫃降之自天取以爲姓…… 시속에 전하기로는 금궤가 하늘에서 내려온 까닭으로 그것을 성으로 삼았다고도 하며…… 그녀는 묘지의 문장들을 해독할 수 있다. 한 역사정보 싸이트에서 지문의 국문 해제를 발견한 것은 그녀가 묘지의 글자를 한자 한자 찾아가며 스스로 완전히 해독한 뒤의 일이었다. 비록 여러 군데에서 오역한 것이 발견되기는 했지만, 그 오역이 전체의 뜻을 훼손시킨 것은 아니었다. 한문 실력이 일천한 그녀에게 몇백년 전의 글자들을 해독하는 일이 쉬울 리는 없었다. 띄어쓰기도 없는 지문은 마치 무슨 암호 같았으므로 그것을 문장으로 풀어내기 위해서는 추리력뿐만 아니라 상상력까지 필요했다. 그러나 그녀는 무한한 끈기로 한자 한자 더듬어나갔고, 마침내 그녀가 필요로 하는 한 문장을 찾아낼 수 있었다. 適所鍾愛當其遠送憂懣成疾自後時已時作至元統三年病殆藥不效越九月乙酉卒年五十五. 사랑하는 딸이 멀리 가니 근심과 번민으로 병이 생겼는데 그후 때로 더했다 때로 덜했다 하다가 원통 3년에 이르러서는 병이 더하고 약도 효험이 없어 9월 을유일에 세상을 떠나니, 나이 55세였다.

   그녀의 어머니는 환갑을 한해 앞두고 세상을 떴다. 당신은 귀하게 태어나지도 못했고, 많은 자식을 두지도 못했으나 수령옹주보다는 몇해 더 세상을 살았다. 그녀가 어머니와 헤어진 지 십육년이 되는 해였다. 그 열여섯 해 동안 그녀는 어머니가 어떻게 살았는지 알지 못했다. 사랑하는 딸을 두고 멀리 가니 근심과 번민으로 병이 생겨 그후 때로 더했다 덜했다 하다가 세상을 떴을까. "어머니는 행복하게 살다 가셨습니다. 눈을 감으실 때 그분의 얼굴은 평화로워 보였습니다. 우리는 그분이 이제 이 세상과는 달리 편한 곳으로 가셨다는 것을 믿습니다. 그러므로 이 소식을 당신에게도 알려야 한다고 생각했습니다." 어머니의 사망소식을 알리는 편지에는 어머니의 죽음이 평화로웠다고 씌어 있었으나, 그녀로서는 대체 평화로운 죽음이란 게 무엇인지 알 수 없었다. '이제 이 세상과는 달리 편한 곳으로' 가셨다면 그분의 이 세상은 편안함과는 거리가 먼, 고통과 번뇌와 고독과, 혹은 질병이었던 게 아닐까. 그녀는 편지지를 펼쳐놓은 책상 앞에 앉아 몇시간 동안을 꼼짝도 하지 않았다. 묘지의 글자들을 해독할 때면, 마치 깊은 물속에 잠긴 것처럼 호흡을 완전히 정지하지 않으면 안되는 그런 순간들이 있었다. 하나의 글자가 풀리고 또 하나의 글자가 풀리고 마침내 모든 글자들이 풀렸으나, 여전히 열리지 않는 문 앞…… 편지의 글자들 역시 마찬가지였다. 그녀는 호흡을 완전히 멈추고, 숨이 넘어갈 듯한 통증 속에서 생각했다. 어머니는 언제 어느 순간에 행복했을까.

그녀가 땅에 묻힌 것들에 관심을 가지기 시작한 것은, 시기적으로만 말한다면, 분명 어머니와 헤어진 뒤부터의 일이다. 그후, 여고시절부터 대학 때까지 아버지와 함께 산 집은 도심 외곽에 건설된 단독주택 단지에 있었는데, 단지 내에는 부지만 조성되고 집은 지어지지 않은 공터들이 여기저기에 있었다. 학원에서 돌아오는 길에 공터를 가로지르다가 그녀는 땅에 반쯤 묻힌 참빗을 발견했다. 빗살 하나 빠지지 않은 멀쩡한 것이었다. 그녀가 그 참빗으로 땅을 긁자 마치 머리카락에 촘촘히 박혀 있던 이와 서캐가 쏟아지듯 봄날의 잔 풀뿌리들이 흙 바깥으로 돋아났다. 참빗의 무엇이 그녀를 끌어당겼는지는 모른다. 그녀는 참빗을 가지고 돌아와 책상에 올려두었다. 그해에 그녀의 아버지는 집 앞마당에 감나무를 심었다. 젖은 땅에 삽날을 깊숙이 넣어 한삽을 퍼내자 흙의 속살이 드러났다. 마치 삶은 감자 속살같이 김이 오르며 포실하게 부서질 듯한 흙속에는 자잘한 돌멩이들뿐 아니라 담배꽁초와 볼펜심 하나와 뜻밖에 손잡이가 사라진 망치머리 하나가 묻혀 있었다. 아버지가 멀리 던져버린 망치머리를 그녀는 얼른 달려가 주워 다시 책상 위 참빗 옆에 갖다두었다. 그녀가 다닌 여고는 바로 산아래에 있었는데, 남들이 미적분을 공부하는 수학시간에 그녀는 홀로 뒷산에 올라가 땅을 팠다. 흙속에서는 찢어진 종잇장이나 풍선조각 같은 것들이 나왔고, 여자팬티와 생리대도 나왔다. 그 시절 그녀에게 꿈이 뭐냐고 물어보았다면 그녀는 서슴지 않고 세상에서 가장 큰 삽, 말하자면 포클레인 같은 걸 하나 갖고 싶다고 말했을 것이다. 그녀는 팔 수 있는 곳이라면 어디든지 파고, 파고, 또 파서 그 속에 있는 것들을 모두 보고 싶었다.

아버지는 그녀의 병증을 나름대로 이해했다. 그녀의 어머니는 이혼한 지 일년이 안돼 그녀를 아버지에게 떠맡기고 친정식구들이 사는 브라질로 떠나버렸다. 그 일련의 과정이 얼마나 단호하고 매몰차게 진행되었는지, 이미 이혼을 한 뒤였지만 아버지에게도 그 일은 상처가 되었다. 당신으로 말하면 이혼할 당시 자식이고 뭐고 뒤도 돌아보지 않은 나쁜 아버지였으나, 난데없이 딸을 떠맡게 된 순간의 당혹감과 노여움이 어찌나 컸는지 자신이 지은 죄에 대해서는 아무것도 생각할 수 없었다. 그는 딸의 책상이 온갖 버려진 것들로 가득 찬 뒤에야 딸의 정상적이지 못한 집착을 발견했다. 사실, 그를 나쁜 아버지라고 말할 수는 없다. 그는 재혼한 아내 대신에 딸의 흙물 든 신발과 양말과 바짓단을 손으로 비벼 빨았다. 밤마다 목욕탕 하수구로 검붉은 흙물이 콸콸 흘러내려갔으나, 빨랫줄에 널린 그녀의 양말에는 여전히 흙물이 남아 있었다.

어느날 저녁, 학원에서 돌아오는 길에 그녀는 공터에서 붉은색 비닐봉지가 비죽이 끄트머리만 드러낸 채 묻혀 있는 것을 발견했다. 혹한이었고 땅은 꽝꽝 얼어 있었으나 그녀가 비닐봉지의 끄트머리를 잡아당기자마자 그것은 쑥, 소리를 낼 듯 빠져나왔다. 봉지에는 바짝 언 찹쌀떡이 들어 있었다. 그날은 수능 전날이었다. 그것은 무뚝뚝한 아버지가 기를 써서 생각해낸 농담이고 선물이라는 것을 알았기 때문에 그녀는 잠시 소리내어 웃었다.

 아버지는 늘 노력하는 타입의 사람이었고, 그건 새어머니도 마찬가지였다. 반항하는 것보다는 협조하는 쪽을 택한 그녀도 다를 것은 없었다. 집안의 그런 분위기가 새어머니의 뱃속에까지 전해졌을까. 그녀의 이복동생은 태어나는 순간 너무나 조용하게 울어 산모와 의사와 간호사를 동시에 놀라게 했다. 어찌나 조용조용 우는지, 우는 게 아니라 마치 말을 하는 것 같았어. 새어머니의 말마따나, 아이는 순하고 영리하고 눈치가 밝았다. 그녀가 어린 이복동생을 내려다볼 때면, 아기는 말을 건네듯 조용조용 울었다. 미안해, 내겐 지금 준비된 말이 이것밖에 없어서…… 그렇게 말을 건네듯, 조용조용……

 고작 한삽을 푸면 쏟아져나오는 마른 흙 묻은 잡동사니 대신에, 좀더 깊은 땅속의 젖어 있는 것들에 관심을 가지기 시작한 것은 아마 대학을 졸업한 뒤부터였을 것이다. 당시 그녀가 만나던 남자는 그녀보다 늦은 졸업을 하면서 논문을 준비중이었는데, 그가 필요로 하는 논문의 자료 중에 묘지명이 있었다. 복사한 탁본을 보여주면서 남자가 그녀에게 말했다. 이건, 땅속에 있던 거야. 무덤 속에 묻혀 있었지. 복사 상태가 나빴는지, 아니면 지석 상태가 나빴는지 탁본은 그냥 시커먼 흔적으로만 보였다. 남자는 그것이 백제 사람인 흑치상지의 것이라고 말했는데, 그 자신도 그 탁본의 내용에 대해서는 잘 알지 못하는 것 같았다. 그런데 그때 무엇이 그녀를 매혹시킨 것일까. 땅속이라는 말이었을까, 아니면 무덤 속이라는 말이었을까. 그것도 아니면 너무나 먼 과거의 이름, 백제라는 단어 때문이었을까. 그녀는 남자가 노트북의 자판을 탁탁 쳐가며 논문을 쓰는 동안 책상 아래에 쪼그려앉아 그 탁본을 들여다보고만 있었다. 그것은 축축하고, 오래된 흙냄새를 풍겼다. 삽 따위로는 퍼낼 수 없는, 더 깊은 곳의 축축함…… 남자가 노트북을 탁 덮는 순간, 그녀는 관뚜껑이 덮이는 소리를 들었고, 축축하고 어두운 곳의 적요가 얼마나 완벽한지를 알았다.

 오래 사귀지는 않았으나, 그 남자는 그녀가 알았던 남자들 중에서 가장 많은 이야기를 해준 사람이었다. 침대가 없는 방, 나란히 방바닥에 누워 남자는 속삭이곤 했다. 조선의 어떤 남자는 과거시험 답안지를 대필하는 일을 하고 살았대. 말하자면 사기를 치고 살았다는 건데, 그게 시신과 함께 묻어 영원히 기릴 만한 자랑이었을까. 남자가 말해준 '조선의 어떤 남자'는 조선 정조 시대의 선비인 이가환이고, 그 묘지명을 쓴 사람은 노긍이다. 그런 사실을 그녀는 나중에야 알게 되었다. 방바닥에 나란히 누워 옛날이야기를 듣듯이 남자에게 묘지명들의 내용을 들을 때, 그녀는 그 내용보다는 그것이 묻혀 있던 땅속에 매혹될 뿐이었다.

박지원은 자기 누이의 묘지명을 직접 썼어. 그런데 너무 눈물겨워. 누이가 죽은 뒤 그 남편은 "살길이 막막하여 어린것들과 계집종 하나, 솥과 그릇, 옷상자와 짐궤짝을 이끌고 산골로 들어가려고 상여와 더불어 떠나가니……" 아무리 죽은 사람을 기리는 묘지명이라고 해도, 박지원 같은 사람은 역시 고통과 슬픔은 남겨진 자에게 있다는 것을 알았던 모양이야.

그걸 모르는 사람이 어디 있겠어. 그녀가 대꾸했다. 다만 말할 수 있는 사람이 많지 않을 뿐이지. 남겨진 자는 너무 슬퍼서, 그 남겨진 사람을 바라보는 사람도 그 슬픔에 기가 눌려서…… 말이 되지 못한 언어는 다만 죽은 자를 따라가거나 그 속에 같이 묻힐 뿐이지. 또 이런 묘지명이 있어, 라고 남자는 말을 이었다. 덕보 홍대용의 묘지명인데, 이것 좀 봐, 재미있는 구절이네. "처음에 서양사람들은 지구가 둥글다고 말했다. 하지만 땅이 돈다고까지는 말하지 못했다. 그런데 덕보는 오래전부터 지구가 한 번 돌아서 하루가 된다고 설명했다." 홍대용이 갈릴레이보다 먼저 태어났으면 좋았을 거 같지 않니? 그랬다면 곤장을 맞고 주리를 틀리면서까지, 지구는 돈다고 말했을 텐데.

때로는 그녀가 먼저 그에게 이야기해달라고 조른 적도 있었다. 그러면 그는 인상을 찌푸렸고, 그때까지 화제에 올리지 않은 묘지명을 간신히 떠올려내곤 했다. 아, 그래. 자기 마누라 묘지명을 쓴 남편도 있었어. 묘지명은, 그냥 별로야. 착하고 아름답고 살림 잘하고 시부모 잘 모신 그런 여자였다, 뭐 그런 식. 그런데 재미있는 건, 아내의 이름은 누구였다,라고 묘지에 분명히 써넣었다는 거야. 여인들의 묘지에 이름이 들어가 있는 경우는 거의 없어. 그냥 무슨 씨였다고 성만 밝히게 마련이지. 그런데 그 남편은 그러지 않았어. 그 말을 하면서 그는 그녀 쪽으로 몸을 돌려누웠다. 여전히 반듯하게 누워 천장을 바라보고 있는 그녀의 이마에 손을 얹고, 그는 말했다. 아내의 이름은 경애였다…… 그녀는 아주 오랜 뒤에야 그 묘지명이 누구의 것인지 알게 되었다. 그것은 조선조 의종 2년에 예부낭중을 지낸 최루백의 아내 염씨의 묘지였다. 뜻밖에도 죽은 여인의 이름 '경애'는 그녀의 이름과 같았다. 아내의 이름은 경애였다…… 그녀는 헤어진 남자의 말을 다시 떠올렸고, 그와 헤어진 것을 처음으로 애통해했다. 그가 자신과 결혼을 꿈꾼 적이 한순간이라도 있었다고는 생각해보지 못했기 때문이다.

  그 남자와 헤어진 후 그녀의 기억에는 그의 손만 남았다. 손이 어찌나 크던지 손 하나만으로도 그녀의 얼굴을 전부 덮을 수 있을 정도였다. 대체 연애에 그런 큰 손이 무슨 소용인지 알 수 없었으나, 그녀는 어떻든 그 손에 매혹되었다. 같이 누워 있다 졸리기 시작하면 그녀는 그의 손으로 자신의 얼굴을 덮고 잠이 들었다. 그의 손 위에서 어둠은 깊고 무겁게 내려앉았다. 그녀는 자주 숨이 막혔고, 무슨 까닭인지 벌을 받는다고 생각했다. 세상의 모든 것이 가슴 위로 내려앉아 그녀를 땅밑, 저 밑까지 내리눌렀다. 그러나 그 정도라면 괜찮았다. 더 큰 죄를 그런 정도의 작은 벌로 대속할 수 있다면. 세상의 모든 사람들이 알고 있는 인간의 죄 속에 감춰진, 자신만이 아는 천벌을 받을 죄를 그렇게 감쪽같이 씻어버릴 수 있다면…… 손이 큰 그 남자와 있는 동안 그녀는 자신이 안전하다고 느꼈다.

　수령옹주 묘지의 탁본은 그 남자가 남겨놓은 짐 속에 들어 있었다. 짐이라고 해봐야 일회용 면도기 하나와 칫솔 하나, 그리고 복사용지들뿐이었다. 그 복사용지들 사이에 끼어 있던 수령옹주 묘지의 끝머리는 시문으로 장식되어 있었다. 산도 장한 그 터요 물도 아름다운 그 물가로다 길한 조짐 있는 터에 무덤을 편안히 모셨으니 뉘 무덤에 누구의 부묘인가…… 천년 지난 뒷날에도 이 글 상고하는 이 있으리…… 그것은 죽은 옹주라기보다는 그 무덤에 바쳐진 시문 같았다. 천년 지난 뒷날…… 그 시문의 마지막 구절이 그녀의 가슴속에 흙냄새를 불러일으켰다. 시문을 쓴 사람의 말은 확실히 틀리지 않았다. 육백칠십년이 흘러, 누군가는 흙속에 묻혀 있던 그 글을 읽고 듣고 또한 말하고 있는 것이다.

　수령옹주는 1281년 충렬왕 8년에 태어났고 1335년 충숙왕 복위 4년에 죽었다. 그의 아비는 밀직승지였고, 어미는 판대부감집 딸이었다. 열네살에 혼인한 남편은 현종임금의 넷째아들이며 문종과는 동모제인 평양공의 10대손이었다. 왕의 직접적인 혈통까지 닿자면 11대나 거슬러올라가야 하는 형편이기는 했으나, 그렇다고 왕족의 빛이 보잘것없는 것은 아니었다. 옹주는 비록 서른이 되기 전에 청상이 되기는 했지만, 잘 키운 아들 덕으로 왕의 핏줄이 아니었음에도 '옹주' 호칭을 하사받았다. 묘지에 따르면 "황경 2년 충숙왕이 즉위하던 날에 옹주의 맏아들 회완군이 왕을 좌우에 모시고 예법을 어기는 것이 없으니, 그 큰 은혜가 그 어미에게까지 미쳐서 이때에 옹주는 수령(壽寧)의 칭호를 받게 되었다"는 것이다. 왕이 명하여 옹주에게 달마다 녹을 내려 맏공주처럼 하게 하니, 이 역시 특별한 은혜였다고 묘지의 문장은 이어졌다. 이 특별한 은혜가 얼마나 파격적이었는지, 묘지는 이러한 문장을 덧붙여놓는다. "김씨는 대군의 배필이었은즉 그 칭호를 종실(宗室)의 딸과 같이할 수 없으니, 옳지 않다고 말할 자가 반드시 있을 것이다."

묘지의 내용을 그대로 믿는다면, 옹주는 여인으로 누릴 수 있는 최고의 영예를 누린 것이 틀림없다. 왕의 혈통에 시집을 가 옹주가 되었으며, 대군인 아들 셋과 역시 옹주가 되는 딸 하나를 두었다. 여인으로서는 복된 삶이 아니었으랴. 그러나 묘지는 이 여인의 복된 삶이 아니라, 오히려 슬픔과 고통에 주목하고 있다.

연우(延祐) 지치(至治) 연간에 황제의 명령이 있어 왕씨의 딸을 찾았는데, 옹주의 딸이 뽑히는 축에 들어 지금 하남등처 행중서성좌승(河南等處行中書省左丞) 실열문(室烈問)에게 출가했으며, 정안옹주(靖安翁主)를 봉하였다…… 이보다 앞서 우리나라의 자녀들이 뽑혀서 원나라로 들어가는 것이 건너는 해가 없으며 왕실 친근의 귀한 집이라도 숨기지 못하고, 모자가 한번 이별하면 아득하게 만날 기약이 없으니, 슬픔이 뼈에 사무치고 병이 나서 세상을 떠나게까지 되는 자도 한두 명에 그치지 않았다(母

子一離杳無會期痛入骨髓至於感疾隕謝者非止一二). 천하에서 지극히 원통한 일이 이보다 더한 것이 어디 있으랴.

痛入骨髓, 통입골수, 아픔이 골수에 스며들다…… 그녀는 그 문장에 손가락을 얹어놓고, 두번 세번을 읽었다. 통입골수, 통입골수…… 그러니까 수령옹주는, 그 복받은 여인은 딸을 공녀로 빼앗긴 후 그 슬픔이 골수에 스며들어 끝내 세상을 떴다는 것이다. 옹주가 산 세상은 그런 세상이었다. 나라는 외적에게 짓밟히고, 딸들은 외적에게 머리채를 붙잡혀 끌려가야 했다. 이 거대한 침탈 앞에서는 침략당한 나라의 작은 권력은 땅바닥에 내팽개쳐도 좋을 만큼 보잘것없었다. 훗날 공민왕의 외조부가 되는 홍규는 당시 막강하던 벼슬에도 불구하고 딸을 공녀명단에서 빼내지 못하자 차라리 중이나 되라고 머리를 깎아버렸다. 좀더 품질좋은 고려 여인을 찾기 위해 혈안이 되어 있던 원나라에서 온 왕비는 홍규의 배반에 분노하여 뼈를 부수고 재산을 몰수하고 원지로 유배를 보내버렸다. 모든 것을 다 가진 자가 모든 것을 다 빼앗기는 순간의 놀라움과 공포가 눈에 잡힐 듯하다. 홍규도 그랬겠지만 수령옹주에게도 빼앗기는 순간의 딸은 생명이고, 가진 것의 모두이며, 무엇보다도 자존심이었을 것이다. 통입골수…… 하늘이 무너져 뻥 뚫린 땅속으로 고꾸라져 처박히는 왕가 여인의 모습이 보인다. 그 여인은 죽는 날까지도 딸을 만나지 못했다.

"나도 해줄 얘기가 있어."

손이 큰 남자와 연애하던 시기에, 늘 그의 이야기만 듣고 있을 수 없어서 그녀도 가끔은 무슨 이야기든 하지 않으면 안될 때가 있었다.

"오래전에, 굉장히 이상한 병에 걸린 적이 있어."

논문을 쓰느라 지친 남자는 그녀의 이야기가 시작된 지 얼마 지나지 않아 쌔근거리는 숨소리를 냈다. 그녀의 말은 닿을 수 없는 곳으로 날아가 저 혼자 부풀려졌다.

"어느날부터 배가 불러오는 거야. 나는 그때 겨우 열다섯살이었는데, 배가 자꾸 불러오니 얼마나 보기 흉했겠니. 아무리 적게 먹고, 나중에는 아예 굶고, 그래도 안되니까 하루 몇차례씩 토하기까지 했는데, 그래도 배는 계속 불러오는 거야. 혹시 이러다가 터져버리는 게 아닐까, 정말 겁이 나더라."

"아들이었어? 딸이었어?"

잠든 줄 알았던 남자가 웃음을 참지 못하는 목소리로, 그러나 짐짓 진지한 척 물었다.

"몰라. 지금까지도 내가 궁금한 게 그거야. 예수님은 어떻게 아들로 태어났을까. 성령으로 잉태했는데, 어떻게 성을 가지게 되었을까. 어떻게 남자로 커서 여자들의 사랑을 받기까지 했을까."

"아들이었니?"

"성령이었어."

그녀가 아이를 낳은 것은 열여섯살이 되던 해의 일이다. 스물여섯살이 아니라 열여섯살. 열네살에 늦은 초경을 시작하고, 바로 그 이듬해에 아이를 가져, 다시 그 이듬해에 떼어내지 못한 아이를 낳았다. 공교롭게도 그 모든 일은 부모의 이혼 전후에 일어나, 그녀의 어머니는 딸의 배가 불러오는 줄도 몰랐다. 그녀가 자신이 낳은 아이를 본 것은 생후 열흘 정도에 지나지 않았다. 열흘 후, 그녀는 아직도 출산 후의 출혈이 계속되는 아랫도리에 두꺼운 생리대를 차고, 아버지의 집으로 옮겼다. 무슨 일이 있었니? 묻는 아버지에게 그녀는 성령에 관한 이야기는 하지 않았다.

　아버지에게와는 달리, 그녀는 훗날 남자와 잠을 잘 때는 간혹 성령 이야기를 했다. 남자들은 그녀의 농담 실력이 별로라고 여겼으나, 그런 건 별로 상관이 없었다. 이야기의 끝은 언제나 죽음 같은 쎅스였다. 무덤에 묻혀 있는 것을 연구하는 남자와 쎅스를 할 때, 남자가 관뚜껑처럼 그녀의 몸을 누르면, 그녀는 흙속에 묻혀 비로소 편안해지는 꿈을 꾸었다. 쎅스의 절정에서 그녀는 스스로 묘지명이 되는 꿈을 꾸기도 했다. 벌거벗은 몸과 순결한 숨결로, 조용히 속삭이는 그녀의 묘지명. 모든 생명은 땅에서 와서 땅으로 돌아가니, 연민과 아픔과, 생을 지켜온 모든 도도함과 거짓이 그러하리라.

　어머니는 그녀와 헤어져 있던 십육년간 단 한 차례도 그녀에게 연락하지 않았다. 어머니가 그러기 위해서 그녀를 떠났음을 알게 된 것은 세월이 너무 흘러 다시는 아무것도 되돌이킬 수 없게 된 뒤였다. 애를 쓰면 어머니의 주소를 알아낼 수도 있었겠지만, 그녀는 그렇게 하지 않았다. 어머니의 사후에 날아온 편지에는,

그녀에게는 지워진 어머니의 십육년이 기술되어 있었다. 어머니의 삶이 낱낱이 들어 있는 편지는, 그리하여 마치 묘지명 같았는데, 포르투갈어로 씌어진 그 편지를 해독하기 위해 그녀는 묘지의 한자들을 해독하는 것만큼이나, 아니 그보다도 더 오랜 시간의 노력을 바쳐야만 했다. 편지를 받았을 때, 그녀는 기가 막혔고 세상에 이런 무례가 어디 있는가 싶었다. 한글을 쓸 수 없다는 것은 이해한다고 쳐도, 빌어먹을, 영어도 아니고 포르투갈어라니! 편지를 쓴 장본인은 그녀가 그 편지를 누구에게도 보여줄 수 없으리라는 것을 몰랐을까. 그러나 어쩌면 편지를 쓴 사람 쪽이 오히려 더 누구에게도 편지 대필을 부탁할 수 없는 상황이었을지도 모른다. 묘지명 같은 편지에는 어머니의 이름도 적혀 있었다. 파비안느, 그것이 그녀의 어머니가 브라질에서 쓰던 이름이었다.

"어머니가 이미 오래전에 떠나온 당신의 나라를 그리워했다는 것을 나는 알고 있습니다. 한번도 입밖에 내어 말하지는 않으셨지만, 그리움은 어머니에겐 치유할 수 없는 병이었습니다. 어머니는 바닷가에 앉아 있을 때도 바다에 등을 지고 계셨습니다. 그분에겐 브라질의 바다가 당신이 떠나온 땅으로부터 더 멀어지는 바다를 의미한다는 걸, 나는 이제 와서야 이해합니다. 마찬가지로, 어느해 내 생일 저녁에 어머니가 흘린 눈물에 대해서도 지금은 이해합니다. 내 출생이 어머니에겐 슬픔이었을지 모르지만, 그러나 어머니는 나를 사랑하셨습니다. 이것만은 당신에게 말해야 한다고 생각했습니다. 이 편지를 쓰는 이유도 그래서입니다."

편지를 쓴 아이의 나이는 열여섯, 서양식 나이이니, 그녀와 어머니가 헤어진 햇수와 똑같은 나이이다. 그녀에겐 삭제된 세월이 그 아이에겐 전부였다. 그녀는 그 아이가 자신에게 답장을 요구한다는 느낌을 받았다. 그러나 무슨 수로 답장을 쓸 것인가. 그녀는 포르투갈어라고는 한마디도 모르는데.

그녀는 기억할 수 있는 어머니의 마지막 모습들을 떠올렸다. 브라질의 바닷가에서 바다를 등지고 앉아 있었다는 어머니의 모습이 그녀의 기억 속에 겹쳐졌다. 십칠년 전, 아버지와 헤어진 뒤, 어머니는 방에 눕거나 앉아 있을 때도, 심지어 밥을 먹을 때도 문 쪽을 향해서는 앉지 않으려 들었다. 아버지가 그들을 버리고 떠난 문이었다. 당신을 배반한 생을 향해서는 시선조차 두고 싶지 않았던 것이리라. 그녀가 기억하는 어머니는 바늘에 손끝만 찔려도 눈이 붉어지던 여자였다. 젊어서는 가난한 수재로 알려졌으나 나이 들어서는 하급공무원에 불과하게 된 아버지가 아주 일찌감치부터 집 바깥으로만 떠도는 동안, 어머니는 당신 홀로 가난과 모욕과 싸워야만 했다. 시골 초등학교 선생의 딸로 태어나 가당찮게도 피아니스트가 평생 꿈이었던 어머니, 때로는 가난이 견딜 수 없는 모욕이었으나, 때로는 모욕이 가난보다 더 견딜 수 없는 고통이었다. 어린 그녀를 업고 저녁장을 보러 나간 어머니가 사소한 흥정 끝에 생선가게 주인과 싸움을 벌인 적이 있었다. 몸집이 크고 팔뚝이 허벅지만큼이나 굵은 가게 주인, 생선칼을 휘두르며 있는 대로 욕을 쏟아부어도 어머니는 턱끝만 들고 서 있었다. 그것이 어머니의 싸움이었다. 모욕을 이기는 유일한 방법은 그것을 견디는 것뿐이었다. 비록 그 생선가게가 시장에서 가장 싼 가게이고, 지금 어머니의 수중에는 동태 한토막 살 정도의 돈밖에는 없다고 하더라도, 어머니는 그를 무시하고 멸시할 수 있었다. 그러나 모욕이 아니라 가난에 진 어머니, 마침내 가게 주인이 바닥에 내동댕이친 동태토막들을 집어들기 위해 허리를 굽히는 것이다. 그녀가 기억하는 어머니는 표정 하나 변하지 않고 허리를 굽혀 바닥에 떨어진 동태토막들을 집어올리는 뻔뻔한 여인이며, 집으로 돌아오는 길에 누가 쳐다봐도 절대로 턱끝을 내리지 않는 도도한 여인이며, 그렇게 도도한 얼굴로 등에 업힌 그녀만 들을 수 있도록 세상의 모든 욕을 끊이지 않고 주워섬기는, 세상에 둘도 없이 막돼먹은, 그러나 연약한 여인이었다.

아버지가 집을 나간 후, 어머니는 그녀를 데리고 당신의 고향을 찾아갔다. 아름다울 수도 행복할 수도 없었던 여행의 며칠 동안, 그녀는 거의 아무것도 먹지 않거나 먹을 것만 봐도 토하기부터 함으로써 어머니를 괴롭혔다. 당신 자신의 불행이 생의 모든 것을 압도해버린 순간이라고는 하더라도, 어머니는 어머니였다. 먹지 않는 자식을 견디는 것처럼 어미에게 고통스러운 일이 또 어디 있으랴. 그녀가 병원에 가지 않겠다고 고집을 부렸기 때문에 어머니가 약국에서 지어온 약도, 그녀는 전부 토해버렸다. 딸이 먹지 않는 것은 부모의 이혼에 대한 반항이라고밖에는 생각할 수 없었던 어머니는 딸의 밥그릇을 뺏어 양푼에다 쏟아부은 뒤, 자신의 것과 합쳐 비빈 이인분의 밥을 끼니마다 먹어치웠다.

그즈음처럼 어머니가 강해지기 위해 기를 쓴 시기도 없겠으나, 또한 그즈음처럼 어머니가 연약한 때도 없었을 것이다. 밤이면 어머니는 홀로 나가 술을 마셨고, 소주냄새를 풀풀 풍기며 돌아와 그녀에게 말했다. 야, 너 나 없으면 어찌 살래? 너 나 없어도 살 수 있겠느냐? 그러면 이불을 돌돌 말고 앉은 그녀가 쏘아붙였다. 그게 엄마란 사람이 할 소리야? 어미가 술에 취해 그대로 잠에 빠져들면, 이번엔 딸이 가방에 숨겨두었던 소주병을 꺼내 안주도 없이 들이켰다.

어머니의 고향은 경주였는데, 부모는 일찍 세상을 떴고 형제들은 모두 이민을 가버려 고향이라고 해봐야 일가붙이는 거의 남아 있지 않았다. 방문할 수 있는 당숙과 사촌 육촌 들의 집을 다 들르고 나자, 더이상은 할 수 있는 일이 없었다. 모녀는 남아 있는 시간 동안 오래 걸어서 능을 구경했다. 시내 중심이 아니라, 외곽의 그리 크지 않은 능 앞에서 모녀는 함께 사진도 찍었다. 폴라로이드로 찍은 그 사진이 희미한 형상으로부터 색깔과 형체를 드러냈을 때, 그녀는 자신과 어머니가 아닌 그 등뒤의 능을 가리키며 물었다. 이 안에 뭐가 있을까? 어머니는 금방 대답하지 않았다. 손끝을 바늘에 찔린 것처럼, 어머니의 눈가가 붉었다. 어머니는 한참 만에야 대답했다. 죽은 사람의 모든 것이 다 있겠지. 죽은 사람도? 아니, 죽은 사람만 빼고. 죽은 사람은 다 흙으로 돌아가고, 남은 건 그 흙이 삭히지 못하는 것들이겠지.

말하자면 돌 같은 것, 천년이 지나도 썩지 않는 것…… 돌의 기록.

수령옹주는 왕가의 능에 묻히지 못했다. 그러나 묘지는 남았다. 그것은 경기도 개성에서 출토되어 일제 때까지는 이왕가 박물관에 소장되어 있었다. 그녀가 처음으로 손에 넣은 탁본의 복사본에 씌어 있던 설명이다. 그러나 현재는 그 소재를 알 수 없음. 어디로 갔을까. 잘게 부서져 흙으로 돌아갔을까. 아니면 어느 호사가의 창고에서 아직도 오래된 흙냄새를 풍기며 의연하게 침묵하고 있을까.

"어머니는 이곳에서 두 번 결혼하셨습니다. 한번은 세탁소를 하는 한국인, 또 한번은 그 세탁소에다 늘 옷을 맡기던 브라질 사람하고였습니다. 어머니는 평생 세탁소에서 일하셨는데, 지금까지 어머니가 빠는 빨래만큼 흰 빨래는 없었다고 주위사람들은 말합니다. 늘 기운차신 분이었고 씩씩하셨습니다. 욕도 잘하셨지만, 그 욕 때문에 불쾌감을 느끼는 사람은 거의 없었습니다. 지워지지 않는 얼룩 때문에 화가 난 어머니가 그 옷에 구멍을 내버렸을 때, 옷을 맡긴 사람은 사과를 받는 대신에 욕을 먹었습니다. 그 사람이 바로, 어머니의 두번째 남편 루씨우였습니다. 비록 이년 정도의 짧은 결혼생활이었지만, 그는 어머니와 함께 사는 동안에는 머리끝부터 발끝까지 얼룩이라곤 하나도 없는 옷을 입고 살 수 있었습니다. 두 번 다 성공적인 결혼이라고는 할 수 없었지만, 어머니의 장례식 때는 두 분 다 참석하셨습니다. 브라질 남편이 특히 많이 울었는데, 어머니를 한국말로 '개잡년'이라고 부르는 바람에 브라질 사람들은 한꺼번에 울음을 터뜨리고,

한국사람들은 한꺼번에 울음을 멈춰버리는 에피쏘드가 있었습니다. 내가 이런 말을 하는 이유는, 우리 중 누구도 어머니를 그렇게 생각하지 않았다는 것을 알려드리기 위해서입니다. 어머니의 브라질 남편 루씨우는 장례식 때까지도 그 말뜻이 무엇인지 알지 못했습니다. 어머니는 싸움을 할 때거나 슬플 때는 물론이거니와 아주 기분이 좋을 때도, 당신은 누구냐는 질문에 '나는 개잡년'이라고 대답하곤 했습니다. 어머니가 무엇 때문에 당신 자신을 누구에게든 그렇게 말해야 했는지, 나는 잘 모릅니다. 다만 어머니의 인생이 농담으로 가득 차 있던 삶이라고는 말할 수 있습니다. 이렇게 말하는 것이 나를 위하는 것인지, 아니면 당신을 위하는 것인지는 모르겠습니다. 마지막으로 당신의 삶이 평안하기를 바랍니다."

어머니의 십육년이 아니라 그녀의 십육년, 그녀는 네댓 명쯤의 남자와 헤아릴 수 없는 횟수만큼 잠을 잤고, 그중의 두 남자와는 사랑을 했으며, 적어도 한 남자와는 하마터면 결혼할 뻔했다. 그녀는 서울에 있는 대학을 졸업했고 대학원을 다녔으며 홈쇼핑회사에 다닌 적이 있었다. 대학교 이학년 때는 맹장염을 앓아 수술했고, 졸업 무렵에는 술을 너무 많이 마시고 넘어져 왼쪽 눈썹 한가운데를 여덟 바늘이나 꿰맨 적도 있었다. 그러나 낙태 경험은 없었다. 그녀는 콘돔을 쓰지 않는 남자와는 결코 동침하지 않았다.

그리고 또다른 십육년, 편지를 쓴 아이는 세상에 태어나기도 전의 십육년, 그녀는 가난한 동네의 얼치기 피아노선생이던 손이 아름다운 여자와 평생 박사가 되는 것이 꿈이었다는 눈이 깊은 남자 사이에서 태어났다. 그녀의 아버지가 대학교수가 되는 것을 포기하고 공무원시험을 치를 때까지 그녀의 어머니가 홀로 살림을 도맡아야 했기 때문에, 그녀는 바쁜 어머니의 보살핌을 그리 많이 받지 못했다. 그녀는 피아노 다리 사이를 기어다니거나 피아노 의자를 붙들고 서서 어머니가 교습생들의 손등을 막대자로 때리는 것을 구경하곤 했다. 때로 어머니의 매질은 훈육의 정도를 넘어서 폭력의 지경에 이르기도 했다. 두번째 매질이 떨어질 때는 겁먹은 교습생들이 재빨리 손등을 치워버린 자리에, 막대자가 매섭게 후려친 건반 소리가 남았다. 그때마다 어머니는 이를 악물고, 그 이빨 사이로, 어린 그녀만 알아들을 수 있는 욕을 내뱉었다. 빌어먹을, 빌어먹을, 빌어먹을…… 아버지가 선생인 시골학교에서 유일하게 피아노를 칠 줄 아는 아이였다는 어머니. 그러나 세월은, 오래전에는 그토록 예쁘고 도도했을 여자아이를 할 수 있는 만큼 힘껏 주물러놓았으니, 어머니는 어느 곳은 무르고 어느 곳은 퍼석하고 어느 곳은 너무 딱딱한 수제비 반죽이 되어버렸다. 결혼을 하고, 딸을 낳고, 몇번의 유산을 하는 동안 어머니는 연약했고, 노여웠고, 순종적이었다.

아버지가 어머니를 떠났을 때, 모욕으로 가득 찬 어머니의 삶을 위로한 건 당신에게 유일하게 남아 있던 것, 말하자면 딸이 아니었다. 그녀는 그 당시에 어머니에게 위로가 필요했다는 것을 이해할 수 있었다. 그리고 자신의 존재가 어머니에게 위로가 될 수 없었다는 것도 이해했다. 어머니는 밤마다 밖으로 나가 소주를 마셨고, 소주를 따라주는 남자들, 피아노를 치는 손인 당신의 손을 건반처럼 툭툭 두들겨주는 낯선 손가락들에서 위로를 받았다. 그녀는 어머니의 몸에서 소주냄새에 뒤섞인, 낯선 남자의 정액냄새를 맡았다. 열다섯살 그녀에게 풍겨오던 낯선 남자의 정액냄새. 그녀는 취해 잠든 어머니에게 말하고 싶었다. 엄마, 이제 곧 엄마의 배도 불러오게 되나요? 그렇다면 엄마, 삼거리에 있는 산부인과엔 가지 마세요. 그 의사는 열다섯살짜리 여자아이의 몸에 있는 것을 세상의 몹쓸 흉터라고 생각하지 않는 것처럼, 이혼한 지 석 달도 안된 여자의 몸에 있는 것도 흉터라고는 생각하지 않을 거예요. 내가 엄마의 아기를 키워줄게요. 약속할 수 있어요. 엄마가 내 뱃속의 것만 치워준다면, 치워서 아주 안 보이는 곳으로 옮겨주기만 한다면, 나는 이제부터 착한 아이가 될게요. 맹세코 그렇게 할게요.

묘지는 말이 남기지 못한 흔적이다. 평생을 다하여 말해도 다 말해지지 않는 것, 그것은 돌에 새겨진 글이 아니라, 그 돌이 묻힌 흙에 숨결로 남았다. 죽음 앞에서 끝내 다하지 못한 것들은 비통하였을까. 아들의 묘지명을 직접 구술하여 묘지로 남기게 했던 영조는, 뒤주에 가둬 죽인 아들에게 다 하지 못한 말을 이렇게 남겼다.
"너는 무슨 마음으로 칠십의 아비로 하여금 이런 경우를 당하게 하느냐."

손이 큰 남자가 그 묘지명을 읽어주었을 때, 그녀는 자신의 아비를 생각했을까. 밤마다 목욕탕 하수구 앞에 쭈그리고 앉아 그녀의 흙물 든 양말을 빨던 아버지. 아니면 그녀를 떠나간 어미를 생각했을까. 잊어버려라, 아무 일도 아니다,라고 어머니는 그녀에게 말했다. 하루가 지난 뒤에는, 잊어버릴 것도 없다, 아무 일도 없었으니까,라고 말했고 다시 하루가 지난 뒤에는, 무슨 일이 있었다는 거니? 그녀에게 되물었다. 딸의 뱃속에서 아이를 꺼낸 것은 어머니였다. 딸에게 무슨 일이 일어나고 있는지도 모르고 소주냄새를 풍기며 밤늦어 돌아오던 어미는, 딸의 뱃속에서 아홉달 열달을 채워가며 자라나고 있던 생명을 너무 늦게 알아차렸다. 열여섯살 딸이 산통으로 비명을 지를 때, 어미는 딸의 입을 막으며 소리지르지 말라고 이를 갈듯 속삭였다. 남들이 듣는다, 남들이 들어. 한낮의 고통스럽던 출산은 아랫도리의 깨어질 듯한 통증이 아니라, 온 집안을 쾅쾅 울리던 라디오 소리며, 그 굉음에 뒤섞인 어머니의 이 가는 소리였다. 조용히해라, 아무 일도 아니다, 그러니 조용히해.

어머니는 그 빨갛기만 한 생명의 핏덩어리를 그 자리에서 갖다버리지는 못했다. 생명이 더러운 물과 같고, 피와 숨결에 붙어 있는 것들이 그저 하찮은 쓰레기나 건더기에 불과한 것이기를 가장 간절히 바란 사람은 어쩌면 그녀보다도 어머니였을 것이다. 도도한 여자답지 않게 그토록 욕설을 잘 내뱉곤 하던 어머니는, 그즈음의 며칠 동안은 한마디의 욕도 입에 올리지 않았다. 다만 어머니는 대낮이거나 한밤중이거나 느닷없이 벌떡 일어나 아기 울음소리가 들리는 방으로 뛰어 건너가곤 했을 뿐이었다. 그러나 내팽개쳐진 아이 앞에 이르면 어미는 딸의 퉁퉁 분 젖 대신, 자신의 마른 젖을 물렸다. 아무 일도 아니다…… 어미는 빈 젖을 빨리며 중얼거렸다. 정말이지, 아무 일도 없었던 거야.

그녀에게 성령 이야기를 해준 것도 바로 어머니였다.

너 아니? 세상에서 가장 위대한 어머니는 동정녀였어.

어머니는 그녀의 이마에 손을 얹고 말했다. 인간의 아이를 낳아 더이상은 위대해질 수 없는 어미였던 그녀의 어머니는, 그날 밤 내내 그녀의 이마에 얹은 손을 떼지 않았다. 그리고 그밤 내내 주문처럼 이어진 말들. 그녀가 태어나던 날의 기쁨, 그 빨갛고 쪼글쪼글한 얼굴이 비추던 무구한 빛, 마치 종소리 같던 첫 울음소리, 그리고 처음으로 뒤집기를 했을 때, 걸음마를 했을 때, 엄마라는 소리를 했을 때……

생은 온통 축복이었지. 너로 인하여 받은 기쁨은, 그후 내가 생으로부터 받은 모든 배반과 상처의 열배를 합쳐놓은 것보다도 크단다. 대가로 치면, 도저히 갚을 수 없을 정도의 기쁨을 너한테서 받았어. 얼마나 얼마나 예뻤는지, 사랑스러웠는지, 기뻤는지……

날 버릴 거냐고, 그녀가 어머니에게 물었는지는 기억나지 않는다. 내 뱃속에서 나온 성령을 어떻게 할 거냐고 물었는지도 기억나지 않는다. 다만 그녀는, 세상의 모든 어미는 자식을 마땅히 구해주는 존재여야 한다고 믿었을 뿐이다. 그 얼마 동안 어머니의 눈은 아침부터 한밤중까지 붉었다. 세상에 존재하는 것 중 가장 날카로운 바늘에 온몸이 찔리고 있는 것처럼.

 편지를 쓴 아이가 궁금해하는 그녀의 열여섯 해, 그녀는 여고를 졸업하고 대학에 입학했으며, 연애를 하고, 여름이면 냉면을 먹고 겨울이면 군고구마를 먹었다. 영화를 봤고 옷을 사입었으며 춤을 추러 다니기도 했다. 별다른 일이 없다면 그녀는 앞으로 결혼을 할 것이며 아이를 낳을 것이고, 그 아이에게 너를 사랑한다고 말하게 될 것이다. 세월은 그녀가 짐작한 것보다 훨씬 더 뻔뻔하다. 어느날 그녀는 오래 헤어졌던 친부모를 찾아주는 텔레비전 프로그램을 보고 있었다. 친엄마도 울고, 버려졌던 아이도 울고 심지어 진행자까지 눈물을 줄줄 흘리는 프로그램이다. 그녀는 어떻게 그런 프로그램을 보고 있을 수가 있나. 세상은 어떻게 아무렇지도 않을 수 있나. 봄은 어떻게 가고 여름은 어떻게 오고 가을과 겨울은 또 어떻게 가고 오나.

 그녀는 지난 십육년 동안 결코 울지 않았으나, 나쁜 꿈은 끝없이 이어졌다. 꿈을 꿀 때마다 그녀는 어머니의 등을 보았다. 아무리 달려가도 따라잡을 수 없는 어머니는 십육년 동안의 꿈속에서 한결같이 등과 뒤통수만을 그녀에게 보여주었다. 단 한 번만이라도 엄마,라고 소리쳐 불러보고 싶었으나 나쁜 꿈속, 그녀는 늘 입이 얼어붙었다. 어머니의 품에 안겨 고개를 돌린 채 그녀를 바라보고 있는 어린 아기의 얼굴 때문이었다. 아이는 조용조용 웃으며, 그녀에게 조용조용 말했다. 미안해, 아직 내겐 준비된 말이 너무 없어서…… 너는 어디 있니? 그녀는 묻고 싶었다. 어느 곳, 어느 더러운 곳에 버려졌니? 그녀는 아이가 버려지지 않았다고는 한번도 생각해본 적이 없었다. 어머니가 더 큰 죄로 자신을 씻어주어, 자신이 비로소 안전해졌다고 믿었기 때문이다. 사실을 말하면, 간절히, 그렇게 믿고 싶었을 것이다.

그녀는 어머니가 죽은 뒤 브라질에서 날아온 편지를 거듭하여 읽었다. 어머니의 인생은 농담으로 가득 차 있었다고 말하는 말미에 이르면, 그녀는 번번이 숨이 막혔다. 편지를 받기 전까지는 포르투갈어라고는 한 글자도 알지 못하던 그녀이니 단어와 단어만을 연결해 읽은 편지를 오독하지 않았다고 말할 근거는 어디에도 없다. 어쩌면 편지는 어머니의 삶이 웃기는 것이었다고 말하고 있는지도 모른다. 그러나 그녀의 번역이 오역이 아니라고 할 근거가 없는 것처럼, 오역이라고 말할 근거도 없기는 마찬가지다. 그녀는 어쩐지 브라질에서의 어머니의 삶이 행복했던 것처럼 여겨진다. 기분이 나쁠 때나 슬플 때나, 심지어 매우 기분이 좋을 때도 '나는 개잡년이오'라고 말했다는 어머니. 세상을 향한 그 욕설에서 느껴지는 통쾌함도 어쩌면 그녀 자신의 자의적인 해석에 불과할지도 모르지만 말이다.

중앙박물관이 용산으로 이전하여 개관했을 때, 그녀는 개관한 지 얼마 되지 않아 난장판처럼 인파로 북적거리는 박물관에 갔다. 그 넓은 박물관의 전시실마다 사람들이 가득 차서 그녀는 어느 곳에서도 오래 서 있을 수 없었다. 기념품을 파는 가게에도, 먹을 것을 파는 식당에도, 심지어 로비와 복도에도 사람들이 긴 줄을 서 있었다.

그녀는 간신히 금석문 전시실을 찾아들어갈 수 있었는데, 행방불명되었다는 기록을 남긴 묘지는 탁본이 아니라 버젓한 실물로 거기에 전시되어 있었다. 무심코 판 흙속에서 아직 살과 뼈가 남아 있는 시신을 발견하기라도 한 것처럼, 그녀의 가슴이 더럭 내려앉았다. 세상에는 온갖 잘못된 정보들이 있다. 그렇더라도 실종과 등장 사이의 거리가 너무나 묘연했다. 적어도 그녀에게는 그러했다. 그것은 과연 사라진 적이 있기나 한 것일까. 그것은 다만 있어야 할 자리에 있었을 뿐인데, 혹시 사라져 알 수 없는 곳을 떠돈 것은 그녀 자신의 시간이었을까. 바람의 흔적을 고스란히 간직한 묘지는 '어머니의 마음'이라는 설명서를 붙인 채 유리 안에 들어 있었다. 외적의 나라, 공녀로 끌려간 딸을 그리다 병들어 죽어간 어미의 기록. "공녀를 나라 밖으로 떠나보내는 날이 되면, 딸과 부모가 옷자락을 부여잡아 끌다가 난간이나 길에 엎어집니다. 울부짖다가 비통하고 분하여 우물에 몸을 던지거나 스스로 목을 매어 죽는 자도 있습니다. 근심걱정으로 기절하거나 피눈물을 흘려 실명한 자도 있습니다. 이런 예들은 이루 다 기록할 수가 없습니다." 충숙왕 복위 4년에 이곡이란 사람이 왕에게 올린 상소문의 내용이다. 충숙왕 복위 4년은 1335년. 바로 수령옹주가 세상을 뜬 해이고, 묘지가 땅에 묻힌 해이기도 하다. 삽으로 퍼낸 땅속, 묘지 바로 옆, 그 젖은 흙에 묻히며 묘지는 생각했을까. 나는 영원히 끝나지 않을 이야기, 모든 것의 원인이며 모든 것의 결과이다,라고.

그날 박물관에서 돌아오는 길에, 그녀는 편지를 땅에 묻었다.

어느날 흙에 묻힌 참빗을 발견했던, 옛날 살던 동네의 공터는 이제 주택단지가 되었다. 노란 불빛이 따듯하게 번져나오는 그곳의 집들에는 어미가 살 것이고 딸이 살 것이고, 그 딸의 머리에는 오래전 그녀의 머리에서 어머니가 참빗으로 긁어냈던 이 같은 것도 살 것이다. 그리하여 땅에 묻히는 것들은 구태의연한 대로, 얼마나 많을 것인가. 오래전 그녀에게 흙을 파는 버릇이 있었을 때 그녀가 발견한 것들은, 볼펜심이나 담배꽁초나 망치머리 따위였다. 천년이나 이천년이 흘러 세월의 묵은 힘으로 비로소 그 존재의 의미가 생기지 않는다면, 아무짝에도 쓸모없는 것들. 그 쓸모없는 것들 옆에 그녀는 편지를 묻는다. 천년이 흐른 뒤, 누군가가 그 편지를 발견한다면, 그녀가 수령옹주의 묘지를 해독하기 위해 글자 한자 한자를 쪼아냈던 것처럼, 그 묵은 글자들을 해독하기 위해 밤을 새울 것이다. 그리하여 그녀는 편지의 여백에 한 문장을 덧붙인다.

나의 아기야.

그러고는 미진하여, 다시 한 문장.

痛入骨髓, 통입골수.

아마 바로 그 순간이었을 것이다. 중앙박물관 금석문실에서 본 것이 다시 그녀의 눈앞에 나타났다. 사람들의 줄에 밀리느라 한 걸음 뒤로 물러선 자리에서 바라보았던 것, 그것은 전시실의 유리에 비친 아이를 안은 어미의 모습이었다. 전시실 안의 수없이 많은 사람들 중 아이를 안은 여인이 없으라는 법은 없었다. 그녀는 고개를 돌려 전시실을 두리번거려보았다. 정말 아이를 안은 여인이 있었다. 양쪽 팔에 아이를 하나씩 안고, 도도하지도 연약하지도 천박하지도 않게 웃고 있는 그 여인은, 그 씩씩한 팔을 흔들며 사람들을 지나 유리 안으로 걸어들어가고 있었다. 생의 마지막 십육년 동안을 개잡년으로 보냈으나, 누구도 그를 개잡년이라고 생각하지 않은, 바로 그녀의 어머니, 조동옥, 파비안느였다.

* 이 작품에 인용된 묘지의 해석은 한국고전번역원의 우리말 번역본을 참고했다.

그날

1

 그날, 한사람의 손이 붉게 물들었다. 칼을 가는 자의 손이었다. 칼은 차가운 숫돌 위에서 무딘 날을 세우고 있으나, 손이 칼보다 먼저 피를 예감했다. 중요한 것은 칼의 날이 아니라는 것을 손은 알고 있는 듯했다. 아직은 누구의 피가 그 손에 묻게 될지 알 수 없었다. 또 얼마나 많은 사람의 피가 흐르게 될지도. 칼을 가는 자가 아는 것은 다만, 칼이, 마침내 끝장내야 할 것뿐이었다.

2

 교회당 문이 열리자 정오의 햇살과 함께 잔설을 섞은 바람이 몰아쳤다. 추도회가 열리는 동안 난로 곁에서 덥도록 데워졌던 몸이 순식간에 온기의 기억을 잊어버리고, 바람이 몸속까지 스며들었다. 익숙하지 않거나 생판 낯선 언어들에 노출되어 그저 살덩어리처럼 나른하기만 하던 몸이 이번에는 칼바람에 진저리를 쳤다. 먼 나라의 죽은 황제는 이제 추위도 모를 것이고 떨림도 알지 못할 것이다. 죽음은 누구에게나 애석하고 누구에게나 일반적인 것이라고 총리는 생각했다. 특별한 것은 오히려 살아남는 것이거나 죽음 뒤에도 남겨지는 것이다. 비리시(比利時)의 황제는 많은 것을 남겼다. 속국의 엄청난 땅과 무궁한 자원을 남겼을 뿐만 아니라, 무엇보다도 멸망하지 않을 그의 제국을 남겼다.
 교회당 주변은 추도회에 참석하느라 몰려든 인력거들로 분주하기가 그지없었는데 그중에는 드물게 자동차들도 보였다. 키가 크고 머리카락 색깔이 옅은 서양인들은 그들의 자동차만큼이나 어디에서나 눈에 띄었다. 그들은 모두 제국의 사절들로, 우정을 나눈 바도 없는 또다른 제국의 황제의 죽음을 추모하기 위해 모여들었다. 그들 중에는 물론 일본인이 있었고, 그중에서도 가장 많았다.
 교회당은 일본인들의 거류지 근처에 있었다. 비만 오면 진흙탕이 된다고 해서 한때 니현(泥峴)이라고 이름이 붙었던 동네에 세워진 일본인 거류지는 이제 비가 오거나 눈이 오거나 땅의 내부를 드러내보일 것 같지는 않다. 아마 모든 좋은 것들, 모든 새로운 것들은 앞으로는 그곳을 중심으로 해서만 퍼져나갈 것이다. 사실 그의 가난한 나라는 이미 어디에도 존재의 증명 같은 것은 없다. 모든 것이 빠르게 변하고 있었다. 젖은 흙이 마르는 동안에도 세상의 절반이 변할 수 있는, 그런 시대인 것이다.

"나리, 날이 춥습니다."

총리는 인직의 말을 듣고서야 언 몸을 움직여 천천히 주위를 둘러보았다. 그에게 예의를 갖춘 뒤에야 자리를 뜰 수 있는 사람들이 양인과 일본인과 조선인을 가리지 않고 그의 주변을 둘러싸고 있었다. 존재하지 않는 나라의 거의 존재하지 않는 총리에게도 그만큼의 권력은 있었다. 고작 그만큼, 그러나 그것은 거대하다. 총리는 고작 그만큼의, 그러나 완전한 권력을 위하여 그의 일생을 바쳤다.

"나리, 괜찮으십니까?"

총리가 인사를 받고 또한 건네며 교회당의 계단을 다 내려섰을 때, 인직이 당황한 듯한 목소리로 물으며 그를 부축할 것처럼 팔을 내밀었다. 총리는 인직의 그러한 태도를 이해할 수가 없었다. 그는 언제나 괜찮았고, 언제나 괜찮지 않았다. 그는 다만 조금쯤 피곤하고 조금쯤 외로울 뿐이었는데, 그것 역시 언제나와 다를 바 없었다. 그의 곁을 지나간 수없이 많은 죽음들을 생각할 때, 자신으로서는 알지도 못하는 비리시 황제의 죽음이 새삼스러운 감회거나, 뜻밖의 환멸일 까닭은 없었다. 사람은 누구나 죽네.

황제라 하더라도 말일세. 그는 인직에게 하고 싶은 대꾸를 입속에다 아껴두었다.

그의 인력거는 교회당 입구에 서 있었다. 서양식으로 지어진, 조선에서 가장 화려한 건물인 교회당 바깥에는 그의 인력거뿐만 아니라, 그의 가난한 나라도 납작하게 누워 있다. 더러운 초가들은 낮은 이마를 맞댄 채 땅속을 파고들 듯했고, 그 토굴 같은 집에서 기어나온 아이들은 한겨울에도 솜누비옷조차 입지 못하고 혹시 동냥푼이라도 얻게 될까 교회당 앞을 기웃거리며 누런 코를 들이마시고 있는데, 기강이 무너지기 전의 세월이라면 총리 앞에서 머리를 빳빳하게 들고 선 저와 같은 더러운 상것들의 얼굴을 볼 수는 없었을 것이다. 그러나 세월은 달라져 상것은 양반의 얼굴을 쳐다보는 것을 두려워하지 않고, 양반 앞으로 더러운 손을 들이밀기까지 한다. 말세라는 한탄이 총리의 입속으로 삼켜졌다. 말세이기를 간절히 원한 것은 오히려 총리 자신이었기 때문이다.

나리, 괜찮으십니까?

인력거에 발을 올리려는 순간, 총리는 다시 한번 그와 같은 말을 들었다. 이번엔 인직의 목소리가 아니었다. 누가 내게 그런 말을 묻느냐, 묻고 싶었는데 보이는 사람은 없고 햇살이 갑자기 눈을 찔렀다. 총리는 그 순간에 자신이 무언가를 보았다고 생각했다. 사람 따위가 아니라, 뭔가 결정적인 것. 햇살보다도 더욱 강력한 것. 길이 멀 터인즉 어찌 그 길을 가겠는가. 그때 다시 같은 목소리의 말이 들렸는데, 그것은 소리이면서 빛이고, 또한 그 모든 것을 능가한 결정적이고 압도적인 무게였다. 짧은 순간, 총리는 그를 향해 달려오는, 그것도 매우 맹렬한 속도로 달려와 순식간에 전세계의 무게로 그를 덮쳐버리는, 일식과 같은 그 어둠을 보았다. 비명과 고함소리가 곧바로 이어졌다. 인력거꾼 원문이 피를 쏟으며 그의 앞으로 고꾸라졌다. 통증과 공포가 곧바로 이어졌다. 원문의 것인 줄 알았던 피가 자신의 몸에서 솟구쳐나오는 것을 보고, 그 피흘리는 몸을 향해 연거푸 다가오는 칼을 보고, 무엇보다도 그 칼에 의해 고깃덩어리처럼 썰리고 있는 자신의 몸을 보고서야 그의 입에서 믿을 수 없다는 듯한 신음소리가 새어나왔다.

  총리는 그의 얼굴 앞에 있는 튀어나올 듯한 눈동자를 보았다. 칼로서 빛나고 있는 눈의 주인은 갓 스물이나 넘겼을까. 청년의 온몸으로도 피가 튀어 온통 피칠갑인 얼굴에 허연 눈이 튀어나올 듯한데, 그 눈이 뜨겁고 맑다. 소망으로 가득 찬, 단 한 번도, 그 무엇도 의심해보지 않은 눈이다. 총리도 청년과 같은 시절을 거쳤다. 시대가 몸밖이 아니라 심장과 폐, 뱃속에서 들끓었다. 그 시절에 젊었던 총리의 눈은 몸이 잠들어 있는 동안에도 분주히 눈동자를 굴리며 깨어 있었다. 아침에 깨어날 때마다 피로를 푼 몸과는 달리 눈알은 쑤시듯 아파왔다. 오랜 세월 전의 이야기다. 지금 썰리고 쑤셔지는 몸인 총리의 나이는 쉰둘, 하늘의 뜻을 알고도 두 해를 더 살아버린 나이지만, 결국에는 죽기에 애석한 나이일 뿐이다. 마침내 폭발하듯 터져나오는 비명소리 위로 칼날이 깊숙이 박혀 비명은 비명이 되기도 전에 헛바람 새는 소리가 되어버린다. 일식의 그림자를 지운 정오의 햇살이 청년과 총리의 몸을, 그 위에 흐르는 피를 덮었다.

차가운 이마가 보였다. 그 순간, 어떤 순간이라고도 말할 수 없는 그 순간, 총리가 본 것은 차갑고, 하얀 이마였다. 숙인 듯 만 듯 고개를 내려뜨리고 아이는 악착같이 방바닥만 내려다보고 있었다. 아이가 숨을 들이쉬고 내쉴 때마다 저고리섶에서 불룩하게 흔들리는 것은, 은장도, 작은 칼집이다. 지금 죽어가는 이 순간, 총리가 떠올리는 것이 차가운 이마를 가진 그 아이인지, 아니면 밤과 새벽마다 무딘 숫돌 위에서 갈리고 갈렸을 그 여린 칼날의 기억인지 알 수 없다.

아이를 사랑에 둔 채, 종현 교회당으로 가는 길목에서 총리는 아이들의 노랫소리를 들었다. 총리가 탄 인력거인 줄도 모르고, 아이들은 콧물을 질질 흘리며 악을 써 노래를 불렀다. 총리와 그 아이, 죽은 아들의 처이고 그에게는 큰며느리인 그 아이가 서로 사통하고 놀아난다는, 상놈들의 난삽한 욕설로 뒤범벅된 노래였다. 총리는 그 노래를 듣지 못한 척했고, 총리가 듣지 못한 척하니 누구도 들은 척할 수가 없어 다만 인력거를 끄는 원문의 발만 가랑이 사이에서 요령소리가 나게 빨라졌을 뿐이다. 저 노래를 끝나게 하려면 조선의 입 달린 사람 모두를 죽여야 할까. 그러지 못할 까닭도 없다. 황후도 죽고 황제도 끝났거늘, 통감도 죽고 내 아들도 죽었거늘……

추운 인력거 안에서 총리는 눈을 감았다. 노여움과 환멸이 몸을 쪼갤 듯한데, 뜻밖에도 감은 눈 사이로 다시 보이는 것은 그의 따듯한 방 안 풍경이다. 그 아이, 승구 처가 먹을 갈고 있다. 아이의 손끝에서 풀리는 먹과 그 먹 위에 내려앉듯 숙여진 차갑고, 흰 이마…… 붓을 잡은 그의 손에 힘이 풀렸던가, 아니면 과하게 실렸던가. 붓끝과 글자 위에 실린 묵향이 마치 칼을 가는 쇠냄새와 같다.

 황천을 건너는 시간은 얼마나 되는 것일까. 그 시간이 그리 짧으리라고 믿어본 적은 없다. 그러나 적어도 고단했던 삶보다야 짧지 않으랴. 그 모든 것을 다 기억하고서라도, 여전히 짧지 않으랴.
 출렁이는 몸이 배의 기억을 일깨운다. 멀미와 구토와 혼절, 배는 매번 그를 바닷속으로 곤두박질치게 할 듯했고, 그는 매번 무언가를 잃었다. 가장 소중한 것을 어느 바다에서 잃었는지 그는 지금 기억할 수 없고, 기억할 여력도 없다. 기억은 칼끝처럼 몸속으로 쑤시고 들어와, 피처럼 쏟아져나간다. 그는 쌘프란씨스코로 가는 배 안에서 잃어버린 것들을 생각한다.
 바다는, 끝이 없었다. 며칠 낮 며칠 밤이 흘렀는지도 알 수 없는, 세월이라고도 시간이라고도 말할 수 없는, 뭐라 말할 수 없는 나날들이 밤낮을 뒤바꿔가며 흘러갔다. 때때로 밤은 밤으로 이어졌고, 낮은 낮으로 이어졌다. 그는 날짜에 혼란을 느꼈을 뿐만 아니라 밤과 낮에 또한 혼란을 느꼈다. 요꼬하마에서 승선한 영국 함선 오씨에닉호에는 양인투성이였고, 중국인과 일본인 들은 삼등실에도 많지 않았다. 양인들은 조선에서 온 이 '나리'들과 마주칠 때마다 인상을 찌푸렸고 소리를 질렀고 황급히 뒷걸음치거나 코를 틀어막았다. 끝없이 그들에게 청결을 요구하던 안련도 마침내 지쳐, 그들에게 가급적 선실에서 나오지 말아줄 것을 정중한 목소리로, 그러나 정중하지 않게 요구하기에 이르렀다.

한밤중, 그는 선창에 나가 바다를 바라보았다. 바다는 하늘과의 경계가 완전히 사라져 지워진 듯 보이지 않고, 잠시 후에는 시선조차 방향을 잃었다. 배는 바다에 떠 있는지 하늘에 떠 있는지 알 수 없었다. 그것은 그 자신 역시 마찬가지였다. 1887년 정해년 구력 10월, 양인들의 태양력으로는 한해의 끝을 엿새쯤밖에 남겨놓지 않은 밤이었다. 안련이 오랜만에 그들의 선실 문을 활짝 열고 양인들의 연회에 그들을 초대했다. 크리스마스, 파티, 안련이 또박또박 발음하며 그들의 얼굴을 바라보았으나, 조선의 사대부로서, 남녀가 부둥켜 끌어안고 난삽한 짓을 하는 그따위 추잡한 파티에 관심을 보이는 사람은 아무도 없었다. 그들은 갇힌 것이 아니라 그런 식으로 그들 스스로 은거했다.

배는 열여드레 밤, 열아흐레 낮을 바다에 떠 있었다. 망망대해가 지나고 기이한 절벽들이 솟은 섬을 지나고, 마침내 대륙이 가까웠다. 멀미가 몸속에 들어와 흔들림이 평지처럼 익숙해질 무렵, 버려진 것이나 마찬가지이던 이 더러운 조선인들은 조선 역사상 최초의 주미공사단 일행으로 쌘프란씨스코 항구에 부려졌다. 오랜 후에는 총리가 될, 그러나 당시만 해도 서른살의 공사관 서기에 지나지 않던 그는, 그곳 쌘프란씨스코 항구에서 다리가 덜덜 떨렸다. 양반의 기개가 없었던들 그는 그곳에서 어찌 버텨 서 있었겠는가. 배가 멈추는 순간 끝난 줄 알았던 멀미가 느닷없이 뱃속을 뒤집어 그는 몇번 헛구역질을 했다. 그러나 그것은 더 고통스러운 육멀미의 시작에 불과했다. 마치 천이 찢어져 벌어지듯 나타난 신세계, 그것은 상상보다 더 거대했고 짐작보다 더 불가해했다. 그것은 경이라기보다는 공포였다. 이제까지 한번도 보지 못했을 뿐만 아니라 짐작도 하지 못했던 것들은 항구와 배와 자동차뿐만이 아니라 하늘과 땅이 그러했고, 또한 사람이 그러했다. 그러나 무엇보다도 기이한 것은 바로 그들 자신, 모두에게 구경거리가 되었을 뿐만 아니라, 그들에게도 갑자기 낯설게 여겨지는 바로 그들 자신이었다. 말만 들어봤지 한번도 본 적 없는 검둥이들이 다가와 그들의 도포자락을 거머쥐었다. 당황한 공사가 안련을 외쳐 부르기 시작했다.

"안련공! 안련공! 안련!"

그곳에서 안련을 부르는 외침은 허망하기 짝이 없었다.

"미스터 알렌, 헬프 어스!"

하늘에 맹세컨대 영어라고는 두 마디도 알지 못하는 게 분명한, 그러나 공식통역관인 채연이 통역관답게 안련을 알렌이라 부르고, 도와달라 외쳤다. 그들은 갇힌 것이다. 그는 자신이 조선에서 가장 먼 곳에 유배되었다는 것을, 비로소 실감했다.

그로부터 이십년이란 긴 세월이 지나도록 그는 거듭하여 그 순간을 악몽 속에서 보고 또 보곤 했다. 그는 태평양을 건너는 배

위에서 멀미를 하고 있거나, 항구에서 검둥이에게 도포자락을 붙잡힌 채 비명을 지르기도 하고, 미국의 대통령 앞에서 오체투지하여 절하고 있기도 했다. 꿈은 과장되어 있지만 거짓을 보여주지는 않는다. 꿈속에서 그는 미칠 듯이 외롭고, 미칠 듯이 괴롭다. 고독과 고통의 정점은 그 낯설고 끔찍한 곳에 '유배된' 그의 나이가 고작 서른살이라는 사실을 지각하는 순간이다. 여전히 서른이라고? 겨우 서른이라고? 그렇다면 앞으로 이십년, 그 긴 세월 동안 그는 난자당해 죽는 황후를 보고, 황제를 제거하고, 아들과 아비를 차례로 저세상으로 보내고, 며느리와는 사통을 하고, 마침내 나라까지 팔아먹어야 한다는 것이다. 아아, 그 고단한 이십년이 이제야 시작이란 말인가.

그러나 기억은 그 이십년을 책갈피 넘기듯 차례차례 훑어가지 않는다. 공포와 고통의 탄력이 그를 단숨에 이십년 후로 넘겨준다. 그러나 기억은 더 깊은 공포 속으로 침잠한다. 그는 또다시 배에 갇혀 있다. 중국의 대련항에 정박한 일본 군함 고우사이호에 갇혀 그는 배와 함께 흔들리고 있다. 이또오가 죽은 지 이틀 후의 아침이다. 조선의 통감이었으며, 태자의 스승인 태사였으며, 조선의 황제로부터 문충공이라는 시호를 하사받은 이또오는 중국에서 조선인의 손에 암살되었다. 그 청천벽력 같은 소식을 들었을 때, 그는 다리에 힘이 풀려 서 있을 수조차 없었다. 덜덜 떨리는 귀로 이또오가 마지막에 했다는 말이 들렸다. 나를 쏜 자가 누구냐, 이또오는 묻고, 숨을 거두기 전에 두 번을 반복해 말했다고 한다. 어리석은 놈, 어리석은 놈. 조선은 일본의 분노가 되었다. 심지어 이또오의 죽음을 조문하기 위해 대련까지 달려온 그조차도, 일본인의 분노를 피할 수 없어 땅을 밟지 못할 지경이었다.

 이또오의 피를 갚기 위해서는 얼마나 많은 조선의 피가 필요할 것인가. 이또오의 시신을 실은 배가 바다에 나오기를 기다리며 그는 하염없이 고우사이호와 함께 흔들리고 있다. 이또오가 마지막으로 했다는 말이 귓가에서 떠나지 않는다. 어리석은 놈…… 그는 수없이 많은 불행한 죽음을 보았고, 그 역시도 언젠가는 죽을 것이다. 어리석은 놈…… 그토록 위대한 이또오도 피해가지 못한 불행한 죽음을 그는 피할 수 있을 것인가. 어리석은 놈…… 흔들리는 배 위에서 그는 마침내 눈물을 쏟는다. 아들이 죽고 아비가 죽었을 때보다 더 고통에 찬 울음이 마침내 쏟아져나온다. 눈물은, 울음은, 곡소리는 그 누구를 위해서도 아니고 바로 그 자신을 위해서이다. 그는 자신이 죽음을 피해갈 수 없다면 그 순간이 조금이라도 덜 고통스럽기를 바랄 뿐이다.

 그날, 칼날 하나가 붉고 차갑게 벼려지고 있다. 언제라고도 말할 수 없는 그날, 칼날은 시린 물을 머금고, 숫돌을 갈며 불꽃을 튕겨낸다. 소리는 그에게서 먼 곳이 아니라, 그에게서 가장 가까운 곳, 말하자면 그의 내부에서 들려온다. 총리는 그 소리를 살아 있는 내내 들어왔다고 생각한다. 기억보다 손이 먼저 떨리고, 먼저 붉게 물든다.

 총리의 가슴이 베이는 듯한 통증을 예감한다. 익숙한 기억이 익숙하지 않은 기억에게 말을 건네고 있다. 비리시 황제의 추도식날 아침, 외투의 단추를 채우다 말고 장지문을 열어보았던 것은 혹시, 익숙하지 않은 기억의 두려움 때문이었을까.

"나리, 날이 엄청 춥습니다요."

혹한의 아침이었다. 밖에서 먼저 대기중이던 인직이 두툼한 외투를 입은 몸을 부르르 떨어 보였다. 날이 그토록 추우니 빨리 서둘러달라는 재촉성의 말로 들렸음에도, 총리는 주머니에서 회중시계를 꺼내 보았다. 지금 떠나면 원문의 발을 덜 고생시킬 만한, 적당한 시간이었다. 그러나 총리는 종내 내키지 않는 듯 시린 하늘만 바라보았다.

"이보게, 국초."

총리는 인직을 불렀다.

"남의 나라 임금이 죽었는데 왜 내 나라 날이 이렇게 얼어붙었는가."

"동짓달 추운 날이 어디 비리시 황제 때문이겠습니까."

"그렇지. 어디 남의 나라 임금 때문이겠는가."

인직은 총리의 말에 더이상 대꾸하지 않았다. 그러나 총리는 인직이 그의 말을 알아들었다는 것을 알고 있었다. 인직은 개화된 세상이 낳은 쓸 만한 문사이며, 신소설을 싣는 잡지와 신극을 공연하는 극장의 주인이기도 했다. 인직은 끝없이 쓰고, 찍고, 만들었다. 낡은 것을 부수고 새로운 것에 뛰어드는 인직의 열정은 권력의 힘 앞에 오체투지함으로써 드디어 빛이 났다. 허리는 누구나 굽힐 수 있지만, 굽혀야 할 자리를 누구나 아는 것은 아니다. 총리는 그래서 인직을 믿었다.

 비리시는 특별한 나라였다. 일찍이 1880년대부터 조선은 수시로 비리시가 되기를 꿈꾸었다. 비리시가 유럽의 중립국인 것처럼 조선은 아시아의 중립국이 되기를 바랐다. 그것은 존재의 유일한 방법이었다. 임금은 황제가 되기 전부터 황제의 명운이 끝나는 날까지 세계의 제국들에 조선의 존재를 구걸했다. 중립국이라는 말을 처음 알게 되던 때, 총리는 아직 이십대였다. 그는 스물다섯에 급제했고, 스물여섯에 규장각의 대교가 되었고, 바로 그해에 육영공원에 입학해 양인들에게서 영어를 배웠다. 조선 양반 학생들의 불량한 수업태도를 불평하던 양인 선생들이 불평에 지쳐 스스로 술과 게으름에 빠지기 전까지, 그는 미국이라는 나라는 아메리카로 불리고, 한자음으로는 비리시, 국음으로는 백이의라고 불리는 나라는 벨지움이라는 것 등을 배웠다. 그는 배워야 할 나라 이름들이 그토록 많은 데 우선 놀랐다. 덕국은 저먼, 영국은 잉글랜드, 아라사는 러시아, 화란은 네덜란드…… 그는 『천자문』을 외우고 『효경』 『소학』을 배우던 당시로 돌아간 것처럼 밤마다 양인들의 언어로 된 나라 이름들을 외웠다. 그 시절의 그 어둡던 밤마다, 그는 그 많은 나라들 중 어떤 나라가 끝내 존재하게 될지를 궁금해했다.

 비리시, 혹은 백이의, 벨지움은 살아남았다. 벨지움은 침략도 받지 않고 침략도 하지 않겠다는 선언으로 중립국이 되어 살아남았으나, 살아남아서는 검둥이의 영토에 속국을 세웠고, 황제는 그 속국을 자기의 사유재산인 정원으로 만들어버렸다. 그것은 세계에서 가장 큰 정원으로, 그 정원의 땅밑에는 세계에서 가장 많은 시체가 묻혔다. 황제는 죽이고 또 죽였으며, 죽이는 것이 성가실 때는 한꺼번에 쓸어 묻어버렸다. 그것은 조선 인구의 절반에 가까운 수백만명의 묘지이며 황제의 힘의 크기였다. 그러나 지금 조선의 황제에게는 자신의 신민을 죽일 힘은커녕, 그 자신을 죽일 힘조차 남아 있지 않다.

그날 아침, 총리는 난데없이 비리시의 황제가 아니라 십사년 전에 죽은 조선의 황후 때문에 가슴이 아팠다. 그가 알고 있는 여인 중 가장 강한 여인이었으며, 앞으로 그가 알게 될 여인들 중에서도 가장 강한 여인일 황후는 일인들의 칼에 난자된 뒤, 결국 불에 태워졌다. 만일 그 여인이 강하지 않았다면, 강한 것을 포기할 수만 있었다면, 여인은 어떤 방식으로든 살아남을 수 있었을 것이다. 그러나 여인은 강한 자답게 죽었고, 강한 자답게 모든 강하지 못한 자들, 어떻게 해야 살아남을 수 있는지를 알지 못해 우왕좌왕하는 조선인들의 허세와 도덕과 슬픔을 한꺼번에 거두어가지고 갔다. 황제는 그때부터 삶도 죽음도 없는 존재였으며 강함도 약함도 구분되지 않는 존재였다. 그는 존재했으나 존재하지 않았고, 존재하지 않았으나 존재했다. 그는 멸망을 증거하기 위해, 다만 그날까지만 생존이 강요된 허깨비였다.

총리의 젊은날 허세도 어쩌면 황후의 죽음과 함께 거두어진 것일지 모른다. 그때 그는 젊었고, 아직은 슬픔보다 분노가 더 거센 나이였으나, 반면 그는 그때 이미 늙었고, 분노보다 슬픔이 더 컸으리라. 미래의 슬픈 손이 젊고 분노로 떨리는 손을 잡아

슬프지만 고즈넉하고, 따뜻한 길로 인도했다. 그곳에는 정원이 있고, 사랑이 있고, 그의 방이 있으며, 묵향이 있다. 그는 평생 다만 먹을 갈고 글씨 쓰는 것만을 좋아했으며, 될 수만 있다면 그렇게 되고자 한 선비였다. 세상의 모든 모욕에도 불구하고, 그가 한 일이라고는 단지 쓰러져가는 나라를 일어서가는 나라의 발치에 무릎 꿇린 일뿐이다. 그것은 그가 아니라도 누군가는 해야 할 일이었으나, 그가 아니라면 누구도 해서는 안되는 일이었다.

"국초."

총리는 다시 인직을 불렀다.

"소설이 무엇을 말할 수 있는가? 말이 길수록 허접해지는 법이네. 먼저 시를 쓰시게. 시라도 살아남아야 하는 세상이네."

인직이 소리내어 웃었다. 총리는 그 웃음소리에 들어 있는 경멸을 읽었다. 인직은 일본말이라고는 '네, 옳습니다, 그러하지요'밖에는 알지 못하는 총리의 일본어 통역비서였다. 그는 우월한 언어로 열등한 언어밖에는 지니지 못한 총리를 무시했다. 총리가 비록 시대의 명필로 꼽힐 정도로 훌륭한 붓솜씨를 지니고 있기는 하지만, 인직은 펜의 빠르기와 인쇄의 기술로 그따위 붓솜씨는 무시할 수 있었다. 무엇보다도 인직은 산문의 힘을 믿었다. 개화는 정신을 쪼개는 정의 힘으로 이루어지는 것이 아니라, 물질과 몸과 땅을 갈아엎는 변화였다.

"나를 위해 시를 써주시게."

인직은 이번에는 웃지 않고 총리를 바라보았다. 은유 없이는 살아갈 수 없는 시대였으나, 그 은유가 지나치면 불길한 법이었다. 총리는 얼어붙은 하늘을 바라보고 있었다. 인직이 불길하게 여기듯 총리 자신에게도 그 말은 불길했다. 그러나 그는 정말 그런 말을 입밖에 낸 적이 있을까. 세상의 어느 한곳에서 칼날 하나가 그의 목을 따기 위해 벼려지고 있던 그 순간에 그는 정말로 그런 말을 했을까.

첫번째 칼이 폐를 관통하던 순간 총리는 바람이 빠지거나 물이 새는 소리를 들었다. 그것은 그의 몸 내부에서 들리는 것이 아니라 그의 손바닥에서 들렸다. 움켜쥐었던 것을 놓치는 순간, 혹은 힘주어 쥐었던 주먹이 풀리는 순간에 들리는 것처럼 소리는 곧 흩어져 사라졌다. 고통스러운가. 그는 자신에게 물었다. 두번째 칼날이 옆구리를 가를 때, 그는 다시 물었다. 편안한가. 그의 부친은 여든살이 넘도록 살았으며 그 긴 세월 동안 조선의 벼슬 단 사람치고는 드물게도 단 한 차례의 유배와 면직도 경험한 바가 없었다. 석파 이하응과는 사돈이며, 여흥 민씨와는 처족(妻族)을 이룬 부친은 외줄에 서게 되더라도 그 중심을 잃어본 적이 없었다. 그의 부친은 난세의 경영자라 할 만했으니, 죽음 역시 천수를 다한 뒤의 평화로운 것이었다. 그는 피흘리는 자신의 몸을 보았다. 육체는 이제 피의 맛을 보았다. 그의 부친이 그러했던 것처럼 그 역시 양반의 몸으로 태어나 양반으로 죽어갈 것이며, 한번의 유배도 겪지 않을 것이다. 그러나 육체는 고통을 알게 될 것이며, 고통을 예감하는 순간 진저리를 칠 것이며, 더 깊은 고통으로 다가가지 않기 위해 맹렬하게 사나워질 것이다. 살아난다면 그렇게 될 것이다. 세번째의 칼날이 내장 깊숙이 박혀오는 순간, 그는 생각했다. 살아난다면 그렇게 될 것이다.

　그러나 살아날 수 있을 것인가. 총리는 자신의 죽음을 열망하는, 뜨거운 소망으로 가득 찬 아우성을 듣는다. 죽어라, 죽어! 죽음에 아름다운 수식어 같은 건 없다. 다만 터질 듯한 열망뿐이다. 죽어라, 죽어! 악을 쓰며 지금 그를 난자하고 있는 것은 군밤 장수로 변장한, 저 빛나는 눈의 자객뿐이 아니다. 초가에서 기어나온, 더럽고 냄새나는, 그러나 어쩐 일인지 그 순간에는 조금도 더럽지가 않을뿐더러 순결하게 빛나는 얼굴이기까지 한 상것들이, 모두 튀어나올 듯한 눈동자가 되어 한꺼번에 그를 찌르고 있다. 죽어가는 자를 바라보는, 그와 같이 환희와 광염에 찬 눈을 그는 이전에도 본 적이 있다. 황후가 칼에 찔려 죽고, 그 시체가 불에 탈 때 그는 현장에 있지 않았다. 그러나 그는 그밤 내내 성 안을 휩쓸고 다니는 낭인들의 눈동자를 보았다. 피 중에서도 가장 황홀한 피의 맛을 본 왜족 낭인들의 칼은, 그리고 눈동자는 죽일 수 있는 모든 것을, 그중에서도 조선의 모든 것을 죽이고 싶어 광희와 열정이 되었다. 그밤, 그는 살기 위해 미국 공사관으로 달려가고 있었다. 살아남아서 그가 해야 할 모든 일들, 나라를 팔아먹고, 며느리와는 배를 맞추고, 황제를 폐위시키기 위해, 그는 살의로 가득 찬 밤의 거리를 달려, 오직 그가 안전할 수 있는 곳, 미국 공사관을 향해 달리고 있었다.

　미국 공사관은 이미 조선의 대신들로 가득 차 있었다. 그들은 황후는 물론이거니와 황제를 구하기 위해서라도 궁으로 달려가지 않았다. 궁으로 달려가는 것은 황제를 구하는 일이 아니라 목숨을 버리는 일이라는 걸 누구도 모르지 않았으므로 그들은 서로를 비난하지 않았고, 스스로를 부끄러워하지 않았다. 다만 그들은 생각할 뿐이었다. 미국은 얼마나 강한가. 저 야만의 욕정으로 가득 찬 일본보다 미국은 얼마나 더 강한가. 밤새 불길이 사라지지 않고 칼의 미친 울음소리가 잦아들지 않았다. 그밤, 고독했던 것은 황후를 잃은 황제만은 아니었다. 스스로를 위로할 방법이 없어서가 아니라, 진실로 강한 것을 알지 못해, 그들은 외로웠고 그 또한 외로웠다.

고독은 고독의 기억을 일깨운다. 화성둔, 양인들의 발음으로는 워싱턴이라 불린 곳의 15번가, 그는 주미 공사관의 삼층 창가에 서서 밤마다 길 밖을 내다보았다. 두 번의 도미, 그는 대리공사가 되었다. 그러나 교민도 없고 경영할 것도 없는 나라의 공사는, 아침에 일어나 딱딱한 빵을 씹어삼킨 뒤부터 거리의 가스등이 밝혀지는 한밤중까지, 창밖을 내다보는 것이 일이었다. 그는 해야 할 일도 없고 할 수 있는 일도 없었다. 거리에 나가면 그는 구경거리가 되었고, 어린아이들은 그의 갓과 도포자락을 향하여 돌을 던졌다. 조선은 어디에 붙어 있는 나라냐고 물어보는 사람도 없었다. 그때 이미, 조선은 지워진 이름이었다.

하루종일 창가에 서서, 그는 두고 온 것들을 생각했다. 해야 할 것이 없었으므로, 시간은 기억하는 것들로만 채워졌다. 그의 가난한 나라는 수치였으며, 모욕이었다. 그러나 그를 그이게 하는 것은 그의 가난한 나라밖에는 없었다. 그의 권세와 영화는,

그리고 자존은, 오직 조선에만 있었다. 염증과 모욕과 환멸이 밤마다 그를 신열에 들뜨게 했다. 그는 양인들의 욕설을 배웠다. 조선의 사대부인 공사는, 창가에 서서, 양인들의 욕설을 입밖으로 내뱉었다. 그리고 그는 소망했다. 그가 서 있는 나라, 창밖의 나라가 세상에서 가장 강한 나라이기를. 그가 내뱉는 욕설이 세상에서 가장 강한 언어이기를. 그리하여 그의 힘이 되어주기를. 그러한 소망이 그를 간신히 잠들게 했으나, 고독은 여전히 그의 뼛속에서 시린 바람소리를 냈다.

아내를 잃은 황제는 무력했다. 아내를 잃기 전에도 무력했으나, 아내를 잃은 뒤부터는 속속들이 그러했다. 황제는 처음부터 군주인 사람이 아니었다. 군주로 태어나지 않았으나 군주로 살아가야 한 그 가련한 남자는, 그러나 어쩌면 세상의 누구보다도 강한 자였는지 모른다. 그는 신하가 그를 죽이기 위해 아편을 타서 올린 차를 마시고도 살아남았고, 세상의 모든 모욕으로부터도 살아남았으며, 양인이 자물쇠를 채워 가져다주는 음식만으로 간신히 허기를 채우면서도 살아남았다. 그는 자신의 궁에서 도망쳐나오기 위해 천하디천한 궁녀의 가마에 숨어 천하디천한 여인처럼 무릎을 쪼그려앉았다. 황제가 러시아 공사관으로 도망쳐나와 가장 먼저 한 일은 그를 배신한 대신들을 쳐죽이라는 명령이었다. 어제의 최고권력자였던 대신들은 유배를 가거나 사약을 받는 대신 길거리에서 상것들이 던진 돌멩이에 머리가 깨지고, 짚신짝 아래에서 살이 으깨져 죽음에 이르렀다. 김홍집은 한양에서 맞아죽고 어윤중은 용인에서 맞아죽었다. 헤아릴 수 없는 목숨들이 가장 참혹한 방식으로 죽어나가는 동안, 황제는 러시아 공사관에서 떨리는 손으로 커피를 마시고, 떨리는 손으로 당구를 쳤다. 어디에든 시체가 나뒹굴었고, 시취가 가시지 않는 거리에서는 입가에 썩은 고깃덩어리를 묻힌 살찐 개들이 누구에게나 으르렁거리는 소리를 냈다.

그 시절, 그는 밤마다 황제를 죽이는 꿈을 꿨다. 황제는 여전히 그의 모든 것이었으며, 그의 자존이었으며, 그의 영광이었으나, 꿈은 현실보다 먼저 그를 미래로 데려갔다. 마침내 그가 닿아야 할 곳…… 꿈속에서 그는 현실에서 존재하는 그보다 먼저 그곳에 닿아, 황제 살해자가 되었다. 그 시절, 꿈에서 깨어나는 새벽녘마다 그는 혹시 자신의 운명이 저주스러웠을까. 기억이 저 홀로 몸을 움직여, 그를 어디로든 데려갔다. 황제를 처음 배알한 청춘의 한 시기, 황제는 유쾌하고 농담으로 가득 찬 사람이었다. 과거급제자 중에서도 그를 특별히 아껴 황제는 친히 신래를 불렀다.* 놀이를 좋아한 황제는 그에게 온갖 장난을 걸며, 그가 당황하여 머리를 땅에 박을 때마다 얼굴이 빨개지도록 웃음을 터뜨렸다. 그날 그는 아마도 황제를 위해 목숨을 바치리라고 각오했을 것이다. 그는 황제를 위하여 수구파가 되었고, 친미파가 되었고, 다시 친로파가 되었다. 그는 그때마다 얼굴이 빨개지도록 웃음을 터뜨리며 그토록 즐거워하던 황제를 떠올렸고, 다

---

* '신래를 부른다'는 선배 급제자가 새로 급제한 후배를 찾아가 '신래(新來)'라 부르고 온갖 장난을 쳐 신고식을 치르게 하는 것을 말한다.

정하게 그의 이름을 부르던 황제의 목소리를 떠올렸으나, 기억은 저 홀로 몸을 움직일 뿐, 더이상 그를 뜨겁게 만들지는 못했다.

군주여, 당신은 끝내 내 손으로 하여금 당신의 끝을 보게 하시려는 겁니까.

꿈을 깬 아침, 총리는 무표정한 얼굴로 중얼거리곤 했다. 그렇게 중얼거리는 아침에도, 조선에서 가장 강한 나라, 어쩌면 세계에서 가장 강한 나라, 일본의 국기는 도처에서 휘날렸다. 총리는 너무 늦게 일본을 알았다. 너무 멀리 돌아, 세계의 절반을 돌았음에도 그는 여전히 일본에는 닿지 못하고 있었다. 헛되이 보낸 시간들이 뼈가 저리게 아팠다. 마음이 초조한 밤마다 그는 더욱 잔혹하게 황제를 죽이는 꿈을 꾸었다.

그날, 차가운 숫돌 위에 칼날이 갈리던 아침, 칼의 소리에는 담장 밖 개들의 소리가 뒤섞인다. 칼을 가는 자의 손이 개들의 소리와 함께 흔들린다. 개들은 이제, 너무 많은 시체의 맛을 보았다. 썩어버린 살덩어리부터 방금 흘러내린 피맛까지, 개들은 그 살과 피가 누구의 것이든, 조선인의 것이든 일본인의 것이든 가리지 않았다. 칼을 든 손이, 개들의 거리로 나가기 위하여 문을 연다. 문 뒤로, 지나간 시대가 무거운 소리를 내며 닫힌다.

낮과 밤마다 폭력에 짓밟힌 거리가 또 하나의 칼을 무심히 받아들인다. 수없이 많은 전쟁이 폭풍처럼 몰려와 순식간에 조선을 밟고 지나갔다. 일본은 어마어마한 무기와 엄청난 쌀과 거대한 군대를 몰고 들어와, 끝없이 북으로, 북으로, 청으로, 러시아로 진격했다. 도성에서 가장 흔한 것은 일본 군인이었고, 일본의 군량미와, 일본의 총과 칼이었다. 무자비한 가뭄과 호열자는 일본인은 건드리지 않고 조선의 쓸모없는 백성들만을 제물로 삼았다. 굶어죽어가는 자와 병들어 살이 썩어 죽어가는 자들의 시취가 골목마다 가득했다. 죽음은 결국, 살아 있을 이유가 없는 자들에게만 해당되었다. 죽어야 할 이유는, 오직 살아 있을 이유가 없다는 데에만 있었다. 전쟁의 승리는 존재의 이유였고, 일본은 그 모든 것이었다. 일본은 끝없이 이겼고, 오직 승리만이 전부였다.

개들이 사타구니에 꼬리를 감추고 뒷걸음친다. 칼을 든 자가 거리를 지나갈 때, 개들은 시취보다 더한 것, 쇠냄새와 아직 흘러내리지 않은 피냄새를 맡았다. 개들은 개의 본능으로 칼이 무엇이든 베어버릴 것을 안다. 칼의 능멸과, 칼의 잔악과, 칼의 냉혹을 사람보다 개가 먼저 안다.

칼을 든 자는 한때 미국 공사관이던 건물과, 한때 러시아 공사관이던 건물을 지나갔다. 을사년의 조약 이후, 제국의 공사관은 모두 텅 빈 집이 되었다. 남은 것은 일본뿐이었고, 또한 그것이 전부였다. 살아 있으나 죽은 것과 다름없는 조선인들은 물에 풀린 먹물처럼 흐려져 거리의 어디에서도 보이지 않는다. 보이는 것은 일본인뿐이고, 들리는 것은 일본인들의 게다짝 소리와 군홧발 소리, 그리고 풍기는 것은 시취와 화약냄새뿐이다. 정찰중이던 일본 군대가 칼을 든 자 앞에서 집총자세로 행렬을 멈춘다.

"세워, 총!"

총신에 꽂힌 칼들이 햇살 아래에서 거침없이 빛을 낸다. 그

거침없는 빛의 너머에, 구시대의 가장 거대한 문, 임금이 사는 집의 문이 있다.

   군주여……
   총리는 속삭인다. 마지막 칼날이 그의 폐를 깊숙이 찔러, 숨이 허공으로 산산이 흩어지는 순간, 총리는 한때 그의 모든 것이던 군주를 불렀다. 뜨거움이 울컥, 몸속에서 회오리친다. 그에게 온갖 장난을 걸며 얼굴이 빨개지도록 웃음을 터뜨리던 군주의 얼굴이 몸속에서 같이 회오리친다. 아내를 잃은 군주가 죽은 아내의 유품을 어루만지며 눈물을 뚝뚝 흘리던 얼굴도 그의 몸속으로 들어온다. 모든 것을 잃은 군주가 황제에 즉위하던 날, 황제가 되었으나 황제일 수 없던 사내의, 가련한 얼굴도 들어온다.
   그가 그런 것처럼 황제도 그를 기억해줄 것인가. 군주 앞에서 이마를 땅에 박던 청춘의 그를, 군주를 일본으로부터 구하기 위해 목숨 걸고 궁의 문을 넘으려 한 그를, 러시아 공사관에서 커피를 함께 마시던 그를…… 황제가 황제일 수만 있었다면 죽는 날까지도 황제를 배반하지 않았을 그를 황제는 기억해줄 것인가.
   마지막 칼날이 그의 몸에서 뽑혀나온다. 피로 범벅이 된 칼집을 잡고 있는 청년의 손이, 뜻밖에 희고 찬란하다. 총리는 순간, 깨닫는다. 그의 마지막 기억이 붙잡고 있는 거짓들을. 갑자기 웃음이 터져나올 것 같은데, 터져나오는 것은 살려달라는 애원의 신음소리이다. 나를 살려라, 나를 살려. 제발 나를 살려라. 총리는 바닥을 기며 애걸하며 가쁜 숨을 포기하지 못하며, 그러나 눈을 감는다. 눈을 감는 것과 동시에 문이 열린다. 그의 평생 동안 어쩌면 가장 익숙한 기억, 칼을 든 자의 손이 거기에 있다.

"그 칼은 무엇이냐?"

황제가 지친 얼굴로 그를 바라보고 있다. 비렁뱅이 초라한 왕족의 코흘리개 아들로 태어나, 이제 황제로서 마지막날에 이르기까지, 군주는 자신을 지키는 것보다 나라를 지키는 일이 더 힘들었다. 그러나 나라를 손에서 놓는 순간, 군주는 이제 오롯이 자기 자신만으로 남게 될 것이다. 그는 군주가 평화롭기를 바랐다. 존재하지 않는 나라의 무게를 군주의 어깨로부터, 바로 그가 내려놓게 할 것이다.

"그 칼로 무엇을 베려느냐?"

황제가 다시 물었다. 목소리가 물밑에서 흘러나오듯, 낮고, 고요하고, 차가웠다. 그는 아내가 칼에 저며져 죽는 것을 본 자였고, 수없이 많은 자를 죽여본 자였다. 또한 수없이 많은 목숨들이 스스로의 목을 칼로 따고 죽어가는 것을 본 자였다. 그가 황제인 한, 그의 신하들은 어디에서든 죽었다. 조선의 존재를 포기하지 못한 황제가 마지막 구걸을 위해 해아*로 보낸 이준은 만국의 사절들이 보는 앞에서 자신의 배를 칼로 가르고, 황제의 신하로서 죽음을 맞이했다. 칼이 무엇인지, 누구보다 잘 아는 사람은 어쩌면 황제일 것이다. 그러므로 칼을 든 자는 대답할 필요를 느

* 헤이그.

끼지 않는다.

조선은 더이상 없사옵니다. 오래전부터 이미 없었사옵니다. 군주여, 당신 또한 마찬가지입니다.

그는 칼집에 손을 얹는다. 손바닥이 데일 듯 칼이 뜨겁다. 그는 자신이 무엇을 베게 될지 알고 있는 것이다. 그것은 황제보다 더한 것이며, 황제보다 더욱 유일한 것이다. 힘주어 칼을 잡는 손에 피로가 몰아쳐온다. 너무 멀리, 세상의 절반을 돌아, 그는 마침내 여기에 이른 것이다. 바라건대, 그는 그의 여행이 여기에서 멈춰주기를 소망한다. 세상이 마침내 그의 편에서 멈춰주기를. 그가 죽은 뒤에까지도, 영원히.

"완용아."

군주가 청춘의 그를 부르듯 그의 이름을 부르는 순간, 칼이 공중으로 솟구친다.

"천명(天命)!"

칼을 든 자의 입에서, 난생처음으로 일본말이 튀어나온다. 조선의 마지막 황제, 조선의 힘으로 등극했던 마지막 황제의 얼굴 앞에서 칼이 허공을 그었다. 칼은 황제의 목보다 더한 것, 조선의 운명을 그었다.

3

"날이 밝았느냐."

총리는 죽은 아들의 처에게 물었다. 아비에게 아내를 빼앗기고 목을 매달아 죽었다고 세상이 떠들어대는 그의 아들의 처, 말하자면 그의 며느리…… 아이는 언젠가부터 숙인 이마를 들지 않는다. 날이 밝았느냐고 묻는 것이 무슨 의미가 있으랴. 날은 날마다 밝고 날마다 저문다. 그가 살아 있는 동안에도, 그리고 그가 죽은 후에도, 날은 그렇게 거듭될 것이다.

"세상을 원망하느냐."

대답하지 않는 아이에게 그는 다시 물었다. 아이가 대답하지 않으니, 그 또한 말을 이어나갈 수가 없으나, 그는 그 누구에게도 아니라 아이에게 말하고 싶었다. 날은 날마다 밝고 날마다 저무나, 누구에게나 그날이 있는 것은 아니다. 그러니, 너 또한 살아 있어라. 능멸하는 모든 것을 능멸로 갚아주고, 피로써 대항하는 것에 피로써 갚아주고, 목숨으로 덤벼드는 것에는 죽음으로 갚아줘라. 세상의 뜻이, 때에 따라 변하지 않는 것이 없으니, 세상의 영원한 것을 믿지 말고 오직 너의 살아 있음만을 믿어라.

아이는 여전히 고개를 숙이고 있을 뿐이다. 입밖으로 내뱉지 못한 말 때문일까, 총리는 피로를 견딜 수가 없다. 총리는 눈을 감는다. 자신이 팔아먹어 더이상은 존재하지 않게 된 나라의 총리는, 눈을 감는 순간 칼이 벼려지는 소리를 듣는다. 그것이 자신의 내부에서 들리는 피로한 소리인지, 아니면 자신의 목을 따기 위해 뜨거운 소망으로 울리는 소리인지 총리는 알지 못한다.

새벽빛이 밝을 때마다 총리의 몸이 출렁인다. 더이상의 능멸을 알지 못하는 자의 슬픔이, 출렁이는 몸속에서 희미한 기억으로

같이 출렁인다. 그는 살아남을 것이고, 아마 아주 오래 살아남게 될 것이다. 그는 어쩌면 세상의 그 누구보다도 오래 살아남을지도 모른다. 그는 알지 못하나 본능적으로 슬픔을 느끼는 그의 존재가 그보다 먼저 눈을 내리깐다.

비리시 황제의 추도식이 열리는 날, 이제 곧 그가 칼에 저며지게 될 날, 기유년 구력 동짓달의 초열흘, 엄동의 삭풍이 맵다.

*

1909년 12월 22일 이완용은 스물한살의 이재명에게 칼을 맞고 폐를 관통당하는 중상을 입으나, 결국엔 살아남았다. 그는 일흔세살까지 살았으며, 살아남아서는 한일합방의 주역이 되었다. 살아 있는 동안 그는 을사조약에 조인, 나라를 팔아먹은 을사오적이 되었으며, 그후에는 고종의 면전에서 칼을 휘둘러 황위 폐위를 주도했고, 한일합방 후에는 일본 천황으로부터 백작의 작위를 받았고, 조선에서 두 손가락 안에 드는 부자가 되었고, 며느리를 공공연히 첩으로 들여앉혀놓고 산다는 추문의 주인공이 되었다. 해방 후, 그의 묘지는 폐묘가 되었고 그의 자손들은 일본으로 귀화하거나 캐나다 등지로 몸을 숨겼다. 그러나 살아남은 자손들은 이완용의 토지를 반환받기 위해 소송을 내고 일부 승소했다.

이완용에게 칼을 휘두른 이재명은 현장에서 체포되어 사형을 언도받았다. 재판 당시, 재판장인 스기하라가 "피고와 같이 흉행

(兇行)한 사람은 몇사람이냐"고 묻자 이재명은 "이천만 대한민족 모두이다"라고 소리쳐 대답했다. 그는 의거 아홉 달여 만인 1910년 9월 13일에 수감중이던 서대문감옥에서 교수형으로 순국했다. 1962년 건국훈장 대통령장이 추서되었다.

현기증

현기증

"시력이 자꾸 떨어져서 걱정입니다. 어제는 아파트 옥상에 올라가 하루종일 먼 곳만 쳐다보고 있었어요. 탁 트인 데를 오래 보고 있으면 눈에 좋다는 말을 들은 적이 있거든요. 요새는 가급적 컴퓨터도 안하려고 합니다. 아무래도 시력이 떨어지는 게 컴퓨터 탓 같아서요. 전에도 말씀드린 적이 있는데, 부모님은 두 분 다 시력이 좋으십니다. 그러니 유전적으로 눈이 나빠질 일은 없을 텐데요. 궁금한 것은, 라식수술로 교정을 한 시력은 인정이 안된다는데 그게 사실인가요? 꿈이 사라지게 될까봐 무섭습니다. 하늘을 나는 것 말고는 제게 다른 꿈은 없습니다. 하늘에서 내려다보는 땅과 바다와 산이 얼마나 아름다울지, 상상만 해도 가슴이 뜁니다."

메일을 보낸 소년은 열일곱살, 그의 딸과 같은 나이이다. 일년 전, 딸이 한국의 학교를 그만두기 직전 그는 딸의 학교에서 요청을 받아 진로상담 프로그램에 참여한 적이 있었다. 전문직을 가진 학부모들이 그 직업에 관심있는 학생들에게 '자신처럼 될 수 있는 방법'을 알려주는 프로그램이었다. 담당교사가 안내하는 교실로 갔을 때, 작지 않은 교실에 스무 명 남짓의 학생들이 앉아 있었다. 대부분은 남학생들이었지만, 군데군데 여학생들도 보였다. 안내교사의 설명에 따르면 재학생의 부모 중에 아나운서와 연예기획사 간부가 있어 대부분의 학생들이 그리로 가버리고, 몇몇 교실을 제외한 다른 교실들은 거의 텅 비다시피 했다는 것이다. 말하자면 교실에 있는 학생들은 소신파라는 것인데, 그가 흘깃 넘겨다본 맞은편 교실은 어떤 전문직의 학부모가 초대되었는지는 알 수 없으나, 고작 대여섯 명의 학생들이 앉아 있을 뿐이었다. 딸아이는 어떤 직업에 관심을 갖고 있을까. 그는 딸아이가 그의 교실에 나타나지 않은 것만을 알 수 있을 뿐이었다.

그에게 메일을 보낸 남자아이는 조종사가 되기를 꿈꾸는, 말하자면 소신파 중의 하나였다. 성적이 나빠도 조종사가 될 수 있나요? 남자아이가 그에게 질문했고, 그는 좀 난감한 심정이 되어 아이에게 어떤 과목의 성적이 나쁘냐고 되물었다. 수학과 영어…… 그리고 나서 말을 얼버무리던 아이는 실은 국어하고 사회 과목도 나쁘다고 말했다. 순간 교실이 폭소로 가득 찼다. 아이는 부끄러움을 타는 대신에 흰 이를 드러내고 같이 하하 웃었다. 성적이 나빠도 상관없다고는 결코 말할 수 없었으므로, 그는 말을 돌려서 대꾸했다. 시험문제가 잘 안 보여서 못 푸는 건 아니지? 시력은 괜찮은 거야? 안경 끼고도 1.0이 안 나오는 사람은 영어 수학 전부 다 백점 맞아도 안돼. 비행기 조종 못하게 되어 있어.

"꿈이 사라지게 될까봐 무섭습니다."

남자아이가 보낸 메일의 그 한구절이 내내 머리에서 떠나지를 않았다. 다른 이유도 아니고 오직 시력 때문에 꿈을 빼앗기게 된다면, 그것은 열일곱살 소년에게 얼마나 잔인한 일이 될까. 시력, 혈압, 혹은 우울증 때문에 평생직장을 잃게 된다면 그것은 마흔일곱살 남자에게 얼마나 가혹한 일이 될까. 마흔일곱살 남자는 열일곱살 소년처럼 '내 꿈을 빼앗아가지 마세요'라고 말할 수 있을까.

그 무렵 그는 툭하면 밤거리를 걸어다녔다. 잠의 습관이 나빠지면서 그는 애써 잠들려는 노력 대신에 동네 주변을 어슬렁거리기 시작했는데, 때로는 필요하지도 않은 일회용면도기를 사러 한 정거장이 넘는 거리에 있는 편의점까지 걸어가기도 했다. 새로 이사한 신도시는 절반이 여전히 건설중이어서 그처럼 밤에도 잠들지 못하는 흙먼지들이 곳곳에서 날아다녔다. 공사현장에는 철근더미와 목재더미만 있는 것이 아니었다. 아직 열다섯을 넘기지 않았거나 혹은 갓 넘긴 아이들이 도둑고양이처럼 구조물의 한귀퉁이에 숨어 있었다. 어쩌다 눈이 마주치면 아이들은 흰자위가 가득 드러난 눈을 치켜뜨고 욕설을 내뱉고, 곧이어 발작 같은 웃음소리를 터뜨렸다. 아이들의 주변에는 담배꽁초와 술병, 벗어던진 야한 색깔의 스타킹과 뒤축이 구겨진 신발 들이 널려 있었다.

  한달에 며칠씩은 그는 공중에서 밤을 보냈다. 대륙간을 가로지르는 야간운항은 쉬운 일이 아니었다. 항로기장에게 조종석을 내주고 퍼스트클래스로 나와 다리를 길게 뻗고 누워 있을 때도, 혹은 조종실 벙커 속에 잠시 등을 붙이고 있을 때도 그는 자신이 공중에 떠 있다는 사실을 잊어서는 안되었다. 그때마다 잠은 터무니없이 얇어지고, 머릿속은 부풀어올랐다. 온갖 생각들이 벌레처럼 버글거려 만일 머리에도 뚜껑이 있다면 그 뚜껑을 열어 속의 것을 통째로 털어내버리고 싶을 때가 있었다. 불면증이 시작되던 초기의 일이다. 그러나 그 시간이 길어지면서 그의 머릿속은 갈수록 가득 차는 것이 아니라 오히려 점점 텅 비어갔다. 그는 끝없이 무언가를 생각했으나, 지금 무슨 생각을 하고 있나 돌이켜보면, 기껏해야 방금 전에 무슨 생각을 했는지를 열렬히 되짚어보고 있을 따름이었다. 그는 누워 잠들려는 노력을 하는 대신 부기장의 등 너머로 어두운 하늘을 바라보곤 했다. 처음 조종간을 잡아본 후로 이십년이 훨씬 지났는데도 공중에서 만나는 착시를 완전히 지울 수는 없었다. 어두운 바다는 하늘로 보이고, 하늘은 거대한 아가리를 쫙 벌린 시커먼 바다로 보였다. 그 착시를 뚫고 일출이 다가오는 순간은 언제 봐도 장관이었다. 레이밴을 써도 밤을 지나 동쪽으로 가는 비행기가 맞닥뜨리는 태양은 언제나처럼 지나치게 강렬하고 지나치게 뜨거웠다.

"자네, 불개 이야기를 아나?"

부기장 조명직이 처음으로 그와 함께 야간운항을 하게 되었을 때, 그는 졸음을 못 견뎌하는 조명직에게 그가 아는 동화 한토막을 이야기해주었다. 어느날, 밤의 나라 왕이 기르던 개에게 해를 가져오라 했다는 거야. 개가 해를 물러 갔지. 그러나 너무 뜨거워 그만 놓아버리고 말았지. 어찌 아니 뜨거웠겠나. 개가 꼬리를 사리고 돌아오자 이번엔 왕이 그럼 뜨겁지 않은 달을 가져오라 했어. 개가 달을 물러 갔지. 그러나 너무 차가워 그만 놓아버렸지. 어찌 아니 차가웠겠나. 그가 이야기를 하는 동안 일출이 시작되었다. 조명직은 '와우' 감탄사를 내다 말고, 그놈의 개, 이빨이 몽땅 빠져버렸겠는데요, 대꾸했다. 매사에 진지하기만 한 그도 그만 웃음을 터뜨리지 않을 수 없었다.

인정하고 싶지는 않지만, 불면증이 시작된 것은 아내와 딸이 떠난 뒤부터의 일이었을 것이다. 아내가 딸의 교육문제로 미국으로 떠났을 때, 그는 그동안 자신들이 살던 집이 얼마나 넓었는가를 처음으로 깨달았다. 아내가 떠나고 나서 사흘 뒤에 그는 뉴욕으로 운항했고, 회사에서 지정한 호텔 대신 아내와 딸의 집에서 이틀을 묵었다. 아이의 학교와 가까운 곳에 집을 구하느라 뉴욕의 집은 공항에서 두 시간 이상이나 달려야 할 정도로 먼 거리에 있었다. 열네 시간이나 날아가 다시 두 시간을 달려가야 하는 일은 결코 달갑지 않았지만, 그러나 가족에게로 가야 한다는 사실에 의문의 여지는 없었다. 인천공항에서 내려 집으로 갔던 것처럼 뉴욕 공항에 내려서도 역시 집으로 가야만 했다. 타운하우스 작은 정원의 문을 열고 아내와 아이가 달려나왔다. 한국에서는 완전히 잊고 있던 '가족', 그리고 '행복'이라는 단어가 염치없게도 가족과 떨어지고 나서야 그의 콧등을 시큰하게 만들었다. 그 이튿, 그는 생애처음으로 가족소풍을 나온 아이처럼 아내와 아이의 손을 놓을 줄을 몰랐다. 아내와 아이와 헤어져 다시 귀국 비행길에 오를 때 그의 몸속에는 울음이 가득 고이는 듯했다. 소풍은 끝났는데, 아내와 아이만 집으로 돌아가고, 그는 해질녘의 거리에 홀로 남겨진 것 같았다.

"땅에서라도 모여살게. 간신히 착륙했는데 여전히 허방이면, 그거 오래 못 가네."

아이와 아내를 미국으로 보내기로 결정했을 때, 선배 기장이 그에게 한 충고였다. 선배의 충고는 과연 틀리지 않아서, 가족을 만나는 시간의 짜릿함은 오래가지 않았다. 아이와 아내가 새로운 생활에 적응해가는 속도와 비례로, 그는 그 낯선 생활이 거북해졌다. 아내와 아이가 살고 있다고 해서 세상의 모든 곳이 집은 아니라는 사실을 그는 거북함과 죄의식이 뒤범벅된 감정으로 깨달았다. 뉴욕의 집에서 아내 곁에 누워 있을 때도, 그의 귓가에서는 비행기 엔진소리가 떠나지 않았다. 그리고 헉헉거리는 숨소리…… 꿈마다 자주, 이빨이 몽땅 빠져버린 개가 등장하여 꼬리를 축 내리고 서서는 그를 바라보았다.

소년에게서 이메일을 받던 날, 그는 오프라인으로도 우편물을 한 통 받았다. 케이브클럽(CAVE CLUB)이라는 곳에서 온 것이었다. 하얀 사각봉투에 인쇄된 쪽지로 그의 주소와 이름이 붙어 있는 그 우편물은 새로 이사한 신도시 아파트의 첫번째 관리비고지서와 함께 우편함에 들어 있었다. 아내와 아이와 함께 살던 집을 전세놓고, 공항 가까운 곳에 작은 아파트를 얻은 지 고작 한달쯤이 지났을 무렵이므로 우편물은 좀 뜻밖이었다. 그는 동사무소에 전입신고를 한 외에는, 그때까지 누구에게도 새로 이사한 곳의 주소를 알린 적이 없었다. 그런데도 봉투에는 그조차도 아직 정확히 기억하지 못하는 아파트의 번지수와 함께 그의 이름이 정확히 기재되어 있었다. 출근길 무거운 비행용가방을 우편함 옆의 벽에 세워두고, 그는 봉투를 뜯어보았다. 일주일 뒤로 예정된 정기모임 안내장이었다. 그는 케이브클럽이라는 곳에 대해 아는 바가 전혀 없었다. 만일 그가 그 아파트의 첫 입주자가 아니었다면 그는 전에 살던 사람이 우연하게도 그와 동명이인이었을 거라고 생각할 수도 있었다. 누군가의 주소를 알아내는 일이 그리 어려운 세상은 아닐 것이다. 그러나 안내장의 공백에는 이런 내용의 메모가 적혀 있었다.

　—너무 오랫동안 만나지 못했습니다. 뵙고 싶습니다. 가은.

　단정한 글씨체였다. 그는 가은이라는 이름을 알지 못했고, 너무나 오랫동안 그를 보지 못해서 간절하게 그리워할 누군가를 알지도 못했다. 그러나 그가 그 우편물을 무시해버릴 수 없던 것은, 바로 그 '보고 싶다'라는 말 때문이었다. 혹시…… 혹시, 누가 알겠는가. 그는 그 우편물이 그 누구도 아닌, 바로 자신에게 온 것이기를 바랐다.

뉴욕까지의 왕복은 닷새가 걸렸다. 그가 다시 집에 돌아왔을 때, 떠나던 날 그대로 우편함에 꽂아둔 관리비고지서와 케이브클럽의 안내장은 주변 상가의 전단지들에 쌓여 보이지도 않았다. 관리비를 낼 날짜가 가까웠으므로 그는 전단지들을 헤치고 관리비고지서를 꺼냈다. 케이브클럽의 안내장이 함께 딸려나왔다. 그는 관리비 액수를 확인하는 대신 케이브클럽의 봉투를 먼저 열어보았다. '뵙고 싶습니다. 가은.' 그 단정한 글씨체는 여전했고, 봉투에 적힌 이름이 정확히 그인 것도 여전했다. 정기모임의 날짜는 이틀 뒤였다.

한손으로는 여행가방을 끌고, 한손에는 안내장과 고지서를 들고 문을 열었을 때, 거실의 쏘파에는 담요가 그대로 덮여 있었다. 이사를 한 후 그는 아직 집안일을 봐줄 사람을 구하지 못했다. 집은 항상 떠날 때의 그 모습 그대로여서 먼지조차 그의 흔적 위로 낮거나 높게 쌓였다. 쏘파의 담요는 침대에서 잠들지 못하는 니이든 한 남자의 흔적을 고스란히 간직한 채로, 마치 벙커 같았다. 혹은 동굴이거나. 그는 다시 한번 안내장을 들여다보았다. 케이브클럽이라…… 무엇을 하는 곳일까. 오래전, 그가 공사생도이던 시절에 만나던 여자의 학교 근처에는 동굴이라는 술집이 있었다. 이름만 동굴인 게 아니라 정말로 굴을 파놓은 술집이었다. 문을 열고 들어가면 구불구불한 동굴이 나오고 그 동굴의 길을 따라 테이블이 배치되어 있었다. 물론 창문 같은 게 있을 리 없었다. 술집의 문을 열면 시큼한 막걸리 냄새와 환기되지 않은 화장실 냄새, 지린내와 토사물 냄새가 차가운 한기와 함께 훅 끼쳐왔다. 그런데도 그곳은 늘 만원이어서 앉을 자리를 구하기가 어려울 지경이었다. 쏟아낼 수 없는 열정이 어둠속에 숨어 비로소 안전해지던, 내가 나로부터 숨어 비로소 모든 것이 용서되던 그런 시절. 그의 연인이 될 뻔했던 여자는 그가 공사생도라는 이유로 그와의 결별을 선언했다. 극장에서는 「사관과 신사」라는 할리우드 영화가 대히트를 치고, 그 영화에 해군사관생도로 나온 리처드 기어는 모든 여자들의 연인이 되었으나, 한국의 사관생도는 단지 그가 사관생도라는 이유만으로 버림을 받던 시절이었다. 동굴에서 그와 헤어졌던 여자, 혹시 그녀의 이름이 가은이었을까. 어리석은 생각이었다. 그 여자가 느닷없이 자신에게 연락을 해올 리가 없다. 간혹 급한 비행기표 때문에 지인의 지인, 사돈의 팔촌 연줄까지 들먹여가며 그에게 연락을 해오는 사람이 있기는 했다. 그렇더라도 이십년 전에 잠깐 사귀다 만, 지금은 이름조차 기억하지 못하는 여자가 그런 이유로 연락을 해오리라고 생각할 수는 없었다.

  그는 알고 있는 여자의 이름을 모두 떠올려보았다. 이름이 기억나는 여자도 있고, 그렇지 않은 여자도 있고, 이름은 기억나는데 얼굴은 기억나지 않는 여자도 있었다. 그러나 기껏해야 몇명 되지 않았다. 자신이 기억할 수 있는 여자가 그토록 적다는 데에 그는 놀라움을 느꼈다. 여자 이름을 적게 알고 있다는 것이 잘못 살아온 삶을 증거하는 것은 결코 아닐 터인데도, 그는 문득 자신의 삶이 허망했다. 그러나 그렇더라도 다행이지 않은가. 그는 적어도 아직은, 그의 아내와 그의 딸의 이름만은 잊지 않은 것이다.

안내장에 인쇄된 전화번호로 전화를 한 것은 그 이튿날 아침이었다. 골프채를 챙기다 말고 그는 테이블에 놓여 있는 안내장을 보았고, 가은이라는 이름을 잠시 더 들여다보았다. 그가 전화를 걸었을 때, 전화를 받은 사람은 남자였다. 은근히 팽팽해졌던 몸에서 바람이 빠져나가는 듯했다. 어리석게도 그는 가은이란 이름이 남자일 수도 있다고는 생각해본 적이 없었다. 케이브클럽인가요? 그가 묻자 남자는 뭐요,라고 대꾸했다. 전화를 받는 사람이 남자일 수도 있다고 생각해본 적도 없지만, 뭐요,라는 대꾸는 더군다나 생각해본 적이 있을 리 없으므로 그는 잠시 말을 잃었다.

"야!"

수화기 속의 남자가 갑자기 소리를 질렀다. 그가 놀라 수화기를 귀에서 떼어내 쳐다보는 사이에도 야, 소리가 계속 이어졌다. 그를 부르는 소리는 아니었다.

야! 야아, 전화받아! 야! 안 들려?

남자는 대체 누구를 부르는 것일까. 이름도 없이, 그토록 모욕적인 호칭으로 누군가를 부르는 소리를 그는 참으로 오랜만에 듣는 듯했다. 불린 사람이 누구든 통화를 하기에는 적당한 상대가 아닐지도 모른다. 아니면, 적어도 적당한 타이밍이 아니거나. 그러나 그가 수화기를 내려놓으려는 찰나, 여보세요, 숨이 찬 여자의 목소리가 그의 귓가로 건네져왔다. 야,라는 모욕적인 호칭만큼이나 여자의 가쁜 숨소리도 그를 당혹스럽게 만들었다. 케이브클럽인가요? 그는 다시 물었고 여자는 네,라고 대답했다. 동굴

회원이신가요? 여자가 여전히 가쁜 숨소리로 그에게 물었다. 그는 그렇다고 말할 수 없었고, 여자의 말이 대신 이어졌다. 회원이 아니라도…… 후우…… 괜찮아요. 회원들만, 모이는, 모임이 아니거든요. 후우…… 한번, 와보세요. 좋으실…… 후우…… 거예요……

1982년 6월, 영국 런던, 클럽 배트케이브. 고딕록(gothic rock). 이런 단어들에 대해서 알려준 사람은 부기장 조명직이었다. 뱀파이어 복장을 하고, 에드거 앨런 포우의 작품을 읽고, 쌀바도르 달리의 그림을 보며, 수지 수의 노래에 열광하는 사람들. 클럽 배트케이브는 바로 그런 사람들이 모이는 공간이라는 것이다.
"수지 수라고 들어보신 적 없지요? 고딕록의 대표적 주자라고 할 수 있는데, 죽음, 자살, 가학적 섹스, 관음증, 부두신앙…… 하여간에 그런 주제로 주로 노래했다는군요."
"끔찍하군."
"저도 들어보긴 했는데, 제 취향은 아니더군요. 에드거 앨런 포우나 달리도 수지 수를 좋아했을지는 모르겠는데요."
조명직은 그와는 달리 군 경력이 없는 젊은 청년이었다. 그는 모든 스튜어디스들에게 인기가 있었고, 스튜어디스가 아닌 여자들에게도 인기가 있었다. 조종사라는 이유 때문만은 아니었다. 그는 유쾌했고, 유머가 넘쳤으며, 무엇보다도 무겁지 않았다. 모든 여자들이 그런 것처럼 그도 조명직을 선망했다. 그 역시 다시 젊어질 수 있다면, 조명직처럼 쿨하게 살 수 있을까.

"그런 걸 좋아하다니 이해할 수가 없군. 이유가 뭔가?"

그가 혀를 차며 물었을 때, 조명직은 몸을 흔들며 웃음을 터뜨렸다. 비행기가 아니라 자동차의 핸들을 잡고 있었더라면 급회전이라도 했을 만한 웃음이었다.

"글쎄요, 그렇게 물으시면 전들 대답을 하기가…… 결국 주류에 대한 저항이겠지요. 그런데 그런 사람들은 오히려 우리한테 이렇게 물어볼지도 모르겠는데요. 그러는 니들은 왜 그런 짓을 하는데?"

"그런 짓이라니?"

"왜 비행기를 모느냐고요. 심심해서? 아님, 나를 엿먹이고 싶어서? 아니면, 너 뱀파이어가 되고 싶은 거구나?"

"도대체 그게 무슨 말이야?"

그는 어이가 없어 물었다. 비행기를 왜 모느냐니? 그런 질문이 어디 있나. 청춘의 꿈, 어린시절, '떴다, 김창남!'에 대한 환상, 공사시절의 애환…… 그러나 결국은 먹고살기 위해서이다. 머지않은 정년, 정년보다 먼저 위험신호를 울리는 건강, 체에 거른 밀가루처럼 솔솔 달아나는 기억력, 하루가 다르게 침침해지는 눈…… 비행을 여전히 사랑했지만, 먹고사는 일이 아니라면, 사랑은 오래전에 끝났을 것이다. 왜 조종사가 되었느냐는 질문은 아직도 유효할 수 있겠지만, 왜 조종사를 하느냐는 질문의 유효기간이 끝난 지는 오래되었다. 그런데 더군다나 뱀파이어라? 그런 얼토당토않은 질문의 상상력이 스며들 여지가 아직도 어딘가에 남아 있을까. 조명직이 여전히 웃으며 대답했다.

"이해가 잘 안되지요. 저도 마찬가지예요. 세상엔 우리하고 다른 사람들이 뜻밖에 많더라고요."

그는 입을 다물었다. 조명직의 말에서 가벼움을 제거하고 진의만을 골라서 듣는 것이 그에게는 아직도 쉬운 일이 아니었다. 그럼에도 조명직이 그와 자신을 포함해서 '우리'라고 말해주는 것에 그는 어느정도 위안을 느꼈다.

그는 조명직의 뒤통수를 말없이 바라보았다. 어느해의 씨뮬레이션 테스트 때던가, 테스트를 마치고 나온 조명직이 숨가쁜 얼굴로 "죽는 줄 알았어요"라고 말한 적이 있었다. 농담이 완전히 배제된 목소리였다. 씨뮬레이션이란 거 뻔히 알고 있는데도 말이에요. 심장이 멎어버리는 것 같잖아요. 진짜 죽을 거 같더라니까요. 그는 처음에는 조명직이 하는 말을 알아듣지 못했다. 실제 비행에서 만날 수 있는 가상현실을 프로그래밍한 후 씨뮬레이션 비행을 해야 하는 테스트는 물론 긴장되는 것이기는 했지만, 공포를 일으킬 정도는 아니었다. 그것은 컴퓨터게임의 씨뮬레이션과는 완전히 달랐다. 예를 들어 테스트 화면에 우주선이 출몰한다거나, 새떼가 느닷없이 공격을 해온다거나, 그런 만화 같은 가상현실은 주어지지 않는다는 것이다. 테스트는 대체로 닥칠 수 있는 위험에 대해서만 시험한다. 예를 들어 비에 젖은 활주로, 고장난 랜딩 기어, 갑작스러운 기류변화 같은 것들…… 그러므로 사실 그것은 만화적인 상상력보다도, 예컨대 거대 우주전함이 지구를 침공하여 무차별 공격을 가하는 것과 같은 속수무책의 상황보다도 훨씬 더 공포스러울 수 있다는 것을 그는 나중에야 이해했다.

그러나 조명직처럼 젊은 사람이 그것의 두려움을 알까. 말하자면 닥칠 수 있는 위험의 공포, 그 적나라하고 생생한 공포를 말이다.

"아, 참! 또 하나 생각나는 게 있네요."

조명직이 갑자기 무릎을 치며 말했다.

"뭔가?"

"배트케이브요. 그건 「배트맨 비긴스」, 영화 말이에요, 거기 나오는 건데요, 배트맨의 아지트지요."

이봐, 배트케이브도 아니고, 클럽 배트케이브도 아니고 내가 물어본 것은 그냥 케이브클럽이라네. 그는 조명직에게 그렇게 말하는 대신, 자네는 어떻게 그런 걸 다 아나?라고 물어보았다. 그 말을 입밖에 낸 후에야 그는 조명직이 그에게 '왜'라는 질문을 하지 않았다는 사실을 깨달았다. 고딕록이니, 수지 수니 하는 설명을 하면서 나이든 기장이 왜 그런 걸 묻는지 궁금하기도 했으련만. 어쩌면 그것이 젊은 조명직과 그의 차이일지도 몰랐다. 조명직이 그에게 그런 걸 왜 물어보세요, 물었다면 그는 대답하지 못했을 것이다. 그러나 조명직은 머뭇거리지 않고 대답했다. 여자친구가 그런 쪽에 관심이 많았거든요. 내 생일에 좀비 분장을 하고 나타나서 날 기절시키기도 했었어요. 참 재밌는 애였는데…… 그는 잠시 후에야 조명직이 그 말을 하면서 과거형을 썼다는 것을 깨달았다. 딱하게도 아직 새로운 여자친구가 생기지 않은 모양이었다. 그랬다면 전의 여자친구라고 말했을 텐데.

케이브클럽의 정기모임은 예전에 그도 한번 와본 적 있는 강남의 한 빌딩에서 열렸다. 그곳은 몇년 전인가 그의 고등학교 재경 동문회가 열린 곳이기도 했는데, 모교 50주년 기념 동문회인만큼 규모가 대단했었다. 안내장에 건물 이름과 약도가 표기되어 있었음에도 그는 그 사실을 건물 앞에 이르러서야 기억해냈다. 케이브클럽에 대한 그의 상상이 전혀 다른 곳에 있었기 때문일 것이다. 예컨대 지하의 어둡고 컴컴한 공간, 그리고 이마에 헤드랜턴을 달고 앉아 있는 하얀색 얼굴의 사람들, 그들이 내뿜는 한기, 그런 것들.

그의 상상이 얼마나 자의적인 것이었는가는 건물 안으로 들어서면서 더욱 확연해졌다. 건물의 입구로 들어서자 엘리베이터 앞에부터 화환이 서 있었는데 그 개수를 셀 수 없을 지경이었다. 화환의 어디에도 케이브클럽이라는 이름은 적혀 있지 않았다. 얼굴에 흰색 분장을 하고 드라큘라백작의 복장을 하고 있기는커녕 제가끔 화사한 옷을 입은 참석자들은 엘리베이터에서부터 서로 인사를 나누느라 분주했다. 22층 행사장의 입구에는, '동굴, 물, 숨'이라는 주제 현수막이 걸려 있었고, 주최는 케이브클럽이 아니라 동굴학회라고 되어 있었다. 세상의 많고많은 학회 중에 동굴학회라는 게 있다고 해서 이상할 것은 없었다. 그러나 동굴과 물과 숨이라니, 그것이 연상시키는 것을 그는 짐작할 수 없었다. 닥칠 수 있는 위험의 공포, 혹시 여기에도 그런 것이 있을까.

행사는 정시에 시작되었다. 사회자가 행사의 시작을 알리고,

회장이 소개되었다. 모 대학 교수라는 동굴학회의 회장은 우리나라 동굴탐사의 현황을 말하며 그 기반이 되어주는 단체들을 길게 열거했는데, 케이브클럽은 그 수많은 단체 중에서도 가장 마지막으로 소개된 단체 가운데 하나였다. 회장이 케이브클럽이라는 이름을 발음할 때 그는 자신도 모르는 사이에 주위를 두리번거려보았으나, 그 이름에 반응하는 사람은 아무도 없었다. 개회사라기보다는 연설에 가까운 회장의 말은 길고 지루했다. 곁에 앉아 있던 여인이 손으로 입을 가리고 하품을 하자, 그도 고개를 숙이고 하품을 했다. 아마 그 지루함 때문에, 은밀히 다가오는 어둠을 미처 눈치채지 못한 모양이었다. 좀처럼 끝나지 않을 것 같던 개회사가 마침내 끝나는 순간 느닷없이 불이 꺼졌는데, 그토록 순간적으로 완벽하게 다가오는 어둠을 그는 이전에는 겪어본 적이 없었다. 회장의 개회사가 이어지는 동안 22층 넓은 연회장의 모든 창문에 차광커튼이 내려지고 있었다는 것을 그는 전혀 알지 못했다. 말하자면 그것은 매우 의도적인 어둠이었고 부자연스럽게 여겨질 정도로 완벽한 어둠이기도 했다. 사람들은 약속이나 한 듯 숨을 죽였는데, 그는 어둠속에서의 숨이 그토록 무거울 수 있다는 것을 처음 알았다. 누군가의 기침소리가 낮게 들리자, 연쇄반응처럼 몇사람의 기침소리가 이어 들렸다.

  그토록 무거운 어둠이 몇분 동안이나 지속되었을까. 그 시간이 의도적으로 길었다는 것만큼은 분명하다. 마침내 누구든 뭐라고 항의하지 않으면 안된다고 여겨지는 순간, 물소리가 들리기 시작했다. 어둠의 틈을 벌리고 차갑고 조용하게 흐르는 물소리였다. 그 역시 분명히 의도된 효과였겠으나, 그는 그 차가운 물소리가 가슴속으로 흘러드는 듯한 기분에 깜짝 놀랐다. 물소리와 함께 어둠이 희미하게 걷히면서 무대 전면에 거대한 동굴이 펼쳐졌다. 햇살 속에 뻥 뚫린 어둠, 그리고 그 속에 흐르는 강이었다. 물소리가 점점 거세지는가 싶더니, 카메라의 초점은 햇살에서 어둠으로 다시 수면으로, 그리고 마침내 물속으로 들어갔다. 희미한 랜턴 빛이 그 물속을 쫓아들어갔다. 누군가의 이유를 알 수 없는 탄식이 낮게 들려왔는데, 그는 그 소리를 듣고 나서야 그것이 자신의 소리라는 것을 알았다. 누군가의 차갑고 축축한 손이 그의 목덜미에 와닿은 것이 탄식소리를 내기 전인지 후인지는 알 수 없다. 그가 황급히 돌아보았을 때, 뒤쪽은 어둠뿐이었다. 화면의 초점이 점점 더 깊은 수면 속으로 옮겨지면서 실내는 영상이 상영되기 전만큼이나 어두워져 있었다.

"어떠셨어요?"

행사가 끝난 후, 그는 케이브클럽의 간사라는, 그의 전화를 받았던 여자를 만났다. 여자의 가슴에 붙어 있는 이름표를 보지 못했다면 그는 그 여자가 누구인지 알아채지 못했을 것이다. 행사장에서의 여자의 목소리는 축축하지도 차갑지도, 물론 숨가쁘지도 않았다.

"흥미롭더군요."

"거짓말이시지요?"

여자는 묻고, 혼자 웃었다.

"계속 다른 데만 보고 계시던걸요. 그렇게 줄곧 딴전을 피우는 사람은 처음 봤어요."

그랬던가. 그는 비로소 여자의 얼굴을 정면으로 바라보았다. 혹시 이 여자였을까, 내 뒷목에 손을 얹은 것은. 새롭게 유행을 타기 시작한 검은색 뿔테안경을 쓴 여자는 건강하고 다부져 보이는 얼굴이었다. 희고 창백한 얼굴 대신 윤기있는 검은색 피부가 돋보이는 얼굴이기도 했다. 그는 이 여자를 이전에는 어디에서도 본 적이 없었다.

"동굴에 많이 들어가봤나요?"

그가 화제를 돌렸고, 여자가 발랄하게 대답했다.

"셀 수도 없을 만큼 많이요."

"왜, 동굴을 좋아하죠?"

왜라는 질문을 입밖에 내놓고 나서야, 그는 문득 조명직의 충고를 떠올렸다. 그러면 아마 그들이 우리한테 물을걸요. 니들은 왜 그런 짓을 하느냐고요. 심심해서? 아님, 나를 엿먹이고 싶어서? 다행히 여자는 그렇게 묻지는 않았다.

"동굴은 완전한 미지예요. 완전한 어둠이고요. 그 속을 내 맨몸으로 더듬어나가는 거지요. 온몸을 더듬이처럼 세우고, 헤드랜턴과 감각만을 의지해서요. 때로는 광장이 나오고, 때로는 강이 나오고, 때로는 폭포가 쏟아지기도 해요. 그 모든 것들은 들어가지 않으면 알 수 없는 것들이거든요. 모든 위험을 무릅쓰고, 때로는 목숨을 걸고, 내 손과 내 몸의 모든 감각으로 만져보지 않으면 알 수 없는 것들이라고요. 매력없나요?"

"…… 글쎄요."

여자가 갑자기 웃음을 터뜨렸다.

"내 말을 믿으시는군요?"

"그럼?"

"동굴탐사는 매우 전문적인 일이에요. 나 같은 아마추어들은 동굴 입구에 머리만 넣어보곤 끝이지요. 아니면 남들이 다 침 발라놓은 동굴을 얼쩡거리다가 사진이나 몇방 찍어 나오는 게 고작이든지요."

그의 입가에도 빙긋 웃음이 번졌다. 이런 수준이 '엿먹이는' 발언이라면 기꺼이 참을 만하지 않겠는가. 조명직의 유쾌함이 연상되는데, 여자의 말이 이어졌다.

"그렇지만, 구멍이잖아요."

"………"

"세상의 가장 높은 산, 가장 넓은 대륙, 그리고 단단한 바위, 견고한 빙하 속에도 동굴이 있어요. 말하자면 구멍이요. 세상에 구멍 없는 존재는 없다는 거, 그런 생각이 얼마나 위로가 되는지 모르겠어요."

구멍이라니, 그는 이유를 알 수 없게 얼굴이 붉어졌다. 여자의 구멍을 연상했기 때문일까. 아니면 통째로 뚫려버린 듯한 자신의 인생, 그 한가운데의 허방을 떠올렸기 때문일까.

"자리 옮기시겠어요? 우리 클럽끼리 다른 곳에서 뒤풀이가 있거든요. 그쪽으로 가면 클럽회원들을 소개받으실 수 있어요. 오늘은 우리 클럽의 좀 특별한 날이어서요. 모두들 그쪽으로 가버린 것 같네요."

그는 망설이며 뒤풀이 연회가 이어지고 있는 행사장의 창밖을 내다보았다. 곧 비가 내릴 것처럼 하늘이 꾸물꾸물했다.

"오늘 나오셨으니, 이미 우리 회원이세요."

여자가 그를 재촉했다. 그는 발걸음을 옮겼다. 아무려나 무슨 상관이겠는가. 조명직은 그에게 충고하기를 '왜'라고 묻지 말라고 했다. 그는 왜라는 질문이 사라진 자신의 인생을 상상할 수 없었다. 그러나 이 특별한 날에는 그런 경험이 가능할지도 모를 일이다.

행사장 밖으로 나왔을 때는 날이 좀더 흐려 있었고, 생각보다도 더 눅눅한 습기가 무겁게 어깨로 내려앉았다. 이은경이 손을 들어 택시를 세웠다. 케이브클럽의 회원 중에 까페를 하는 사람이 있어서 클럽 모임의 뒤풀이는 항상 그곳에서 한다고 했다. 행사장과는 거리가 좀 멀어 강을 건너야 한다고도 했다.

행사장에서 빠져나오는 동안 이은경은 꽤 여러 사람들과 인사를 나누었는데, 그들 중의 누구도 클럽의 회원은 아닌 듯했다. 그러고 보면 그는 아직 이은경 말고는 케이브클럽의 누구도 만나보지 못한 셈인데, 그것이 그를 점차 불편하게 만들었다. 그는 이미 나이가 든 남자였다. 모험은 흥분이 아니라 거북함이었고, 자극은 질병이었다. 바로 눈앞에 세상의 어느 누구도 발견하지 못한 동굴이 단지 그만을 위해 입을 쫙 벌리고 있다 하더라도, 그는 들어가지 않을 것이다.

"세상에는 아직도 발견되지 않은 동굴들이 많은가요?"

택시 안에서 그는 이은경에게 물었다. 다리를 건너는 중이었다. 이은경이 창밖을 내다보며 대답했다.

"아마도요. 세상의 절반의 여자들만큼 많을걸요."

세상의 절반의 여자들이란 어떤 것일까.

"그런 동굴을 우린 버진이라고 부르거든요."

그렇다면 세상의 절반의 여자들이 버진일까. 그는 자신도 모르는 사이에 웃음소리를 냈다.

"버진에 관심이 있소?"

"남자들만 그런 건 아니에요."

택시는 강을 다 건너 한남동 쪽으로 빠져들고 있었다. 일요일 오후였음에도 길은 꽉 막혀 뚫릴 생각을 하지 않았다. 창밖으로 건너편 차선의 운전자가 차 밖으로 길게 팔을 내밀고 있는 것이 보였다. 무료한 팔이 저 홀로 공중에서 건들건들했다. 차는 한참을 걸려 한남동에 도착했다.

"직업이 뭐예요, 뭘 하지요?"

이은경의 뒤를 따라 걸으며 그가 물었다. 사실은 여자의 나이를 묻고 싶었을 것이다. 여자는 이십대 후반쯤으로 보이지만 어쩌면 이미 삼십대일지도 모른다. 확실한 것은 그의 딸보다는 나이가 많고 그의 아내보다는 적다는 사실이다.

"스포츠마싸지를 해요. 강남에 쎈터가 있는데, 한번 와보세요. 잘해드릴게요."

그는 스포츠마싸지를 받아본 적은 없지만, 동남아에 나갈 때면 자주 안마소에 들르곤 했다. 혈을 찾아 누르는 여자안마사의 손길이 떠오르는 순간, 혹시 그것도 일종의 구멍인가 하는 생각이 얼토당토않게 들었다가 사라졌다.
"왜 그렇게 숨이 찼어요? 금방 달리기를 한 사람처럼."
"안마는 주로 팔을 쓰잖아요. 다리가 불쌍해서요. 쎈터에 러닝머신이 있거든요. 다리가 불쌍할 때마다 달려요."
이은경이 말을 끝내놓고는 또 웃음을 터뜨렸다.
"진담으로 들으시는군요? 러닝머신하는 이유가 뭐 별거 있겠어요? 몸매관리죠."
"잘 웃는 사람이군요."
"언짢으셨어요? 실은 마싸지를 시작한 지 얼마 안됐거든요. 체력조절이 필요해서요. 몸관리를 하지 않으면 힘을 쓸 수가 없어요. 원래 마싸지는 오빠가 먼저 시작했어요. 쎈터 주인도 오빠고요. 한가할 때는 오빠가 저를 마싸지해주는데, 프로 마싸지사한테 마싸지를 받다보면 숨이 차요. 왜 그런지는 모르겠어요. 때로는 숨이 차고, 때로는 슬퍼지고, 때로는 세상 뭐 별거냐 그런 기분도 들어요."
이은경이 또 한번 미소를 지어 보였다.
"처음 동굴 구경을 했을 때도 그런 기분이었던 거 같아요. 숨이 차고 슬퍼지다가…… 실은 남자친구와 헤어지고 혼자 끙끙 앓던 때였거든요. 분하고 창피하고 외롭고…… 한마디로 말하면, 그냥 어디 숨어서 영원히 나오고 싶지 않았던 거겠죠."
어디 숨어서 영원히 나오고 싶지 않았다…… 그는 고개를 끄덕였다. 누구에게 그런 경험이 없겠는가. 그 역시 살면서 툭하면 그러했을 것이다. 영원히 숨어 있을 만큼 안전한 곳은 없다는 것을 알기 때문에 더욱 간절했던 소망이었으리라. 비행을 그만둘 수 없었던 이유는 아마도 그래서였을 것이다. 때때로 그는 영원히 떠 있을 수 있는 하늘을 꿈꾸었다.

"가은이란 사람을 압니까?"

그는 마침내 물었고, 이은경이 걸음을 멈추었다. 이은경이 어깨를 으쓱해 보였는데, 그것이 긍정의 표시인지 부정의 표시인지는 알 수 없었다. 그러나 굳이 확인해볼 필요는 없었다. 이은경이 걸음을 멈춘 곳의 뒤편으로 까페의 간판이 보였던 것이다. 흐린 날 때문에 일찌감치 불을 밝힌 간판의 이름은 '가은, 1989'였다. 그는 굳은 듯이 멈춰서서 그 간판을 바라보았다. 가은이란 간판 때문이 아니라 1989라는 숫자 때문이었다.

1989는 그의 이메일 주소 뒷자리였다. 나이가 꽤 들어 이메일을 사용하기 시작했는데 그가 입력하는 아이디마다 중복 아이디라는 경고가 떴다. 뒤에 숫자를 붙여보라는 충고를 듣고 그는 키보드를 눌렀다. 1989. 그는 나중에야 자신의 무의식 속에 잠복해 있던 그 숫자의 불길한 의미를 깨달았다. 많은 사람들에게 그 아이디로 이메일을 날린 후였다.

1989년은 그가 전역을 한 해였다. 그의 어머니가 돌아가신 해이기도 했다. 그리고 그해에, 아내는 그에게 이혼을 요구했다. 결혼식을 올리고 한달이 지나기도 전에 자리에 누운 그의 어머니는 돌아가시던 그해에 이르기까지 단 하루도 자리에서 일어나지를 못했다. 오년 내내 그의 아내는 정도 들지 않은 시모의 똥오줌을 받아내고 목욕을 시키고 욕창을 치료해야 했다. 군인인 그는 집에 있을 때보다 없을 때가 더 많았다. 집에 없을 때도 툭하면 그녀로서는 짐작도 할 수 없는 하늘 어딘가에 떠 있었다. 아내는 늘 지쳐 있었고, 때로는 병든 시모보다 더 죽고 싶은 얼굴이었다. 어머니가 돌아가셨을 때 그가 통곡을 멈출 수 없었던 이유는 슬픔 때문이 아니었다. 마침내 생의 무게의 절반 이상이 그에게서 떨어져나간 것이다. 그 후련함과 가벼움과 기쁨이 너무나 격렬하여, 슬픔과는 비교도 할 수 없게 고통스러운 감정이 되었다. 그는 죄스러웠으나 고마웠고, 고마웠으나 괴로웠다. 아내가 그에게 이혼을 요구한 것은 뜻밖에도 어머니의 장례식을 치른 직후였다. 어머니에 대한 죄스러움에도 불구하고 그는 '이제 모든 것이 끝났다'는 말로 아내를 달래려고 들었다. 힘든 날들은 이제 다 지나간 거 아니냐. 어머니 죄송합니다. 앞으로는 행복한 날만 있을 거다. 어머니 용서하세요. 지난 오년간의 당신 고생을 보상해주는 마음으로 내가 잘하겠다. 당신만을 위해 살겠다. 어머니, 부디 귀를 막으세요.

아내는 완강했다. 그즈음 아내는 긴 신경증을 앓고 있었다. 오년 동안이나 거동조차 못하는 병인을 돌봐온 여자에게 신경증조차 없다면 그것이 오히려 이상한 일일 것이다. 그는 아내를 이해했다. 그러니 아내도 자신을 이해해야 한다고 믿었다. 1989년, 그해에 무언가를 완전히 그만두고 싶었던 사람은, 영원히 사라져 '매번, 언제나, 항상' 돌아오는 것을 간절히 그만두고 싶었던 사람은 누구보다도 바로 그라는 사실을 아내가 모를 리 없다고 믿었던 것이다.

"내가 도망친 게 아니야. 그가 사라져버린 거라고. 나도 어쩔 수가 없었다고."

이혼을 요구하는 아내에게 그가 중얼거리곤 하던 말이었다.

버티고(VERTIGO), 조종사의 비행착각, 혹은 현기증. 사전에는 그렇게 나와 있다. 그리고 그가 검색하거나, 스크랩해놓은 자료들에는 이런 것들이 있다.

2000년 11월 1일 강원도 강릉시 동남쪽 25마일 해상에서 공군 F-5E, 일명 타이거 2 전투기 한대의 실종. 실종 직전 조종사가 남긴 두 차례의 교신.

"Leader Miss, Leader Miss!"

전투기는 잔해조차 발견되지 않았다.

그리고 2005년 7월 13일 밤 서해와 남해 상에서 두 대의 전투기가 팔분 간격으로 실종. 이튿날, 서해에서 사라진 F-4E(팬텀기) 전투기는 추락한 것으로 확인했고, 남해에서 실종된 F-5E(제공호) 전투기의 경우도 추락한 것으로 보인다고 공군은 발표했다. 이 미스터리에 대해 언론들은 사고 전투기가 삼십년이나 된 고물로 예고된 인재였다는 분석 기사를 앞다투어 내놓았지만, 고물전투기 두 대가 왜 각기 다른 곳에서 팔분 간격으로 실종되었는지에 대해서는 누구도 자신있는 말을 할 수가 없었다. 얼마 후, 공군은 이 두 건의 사고가 모두 버티고, 즉 조종사의 비행착각에 의한 것이라고 결론내렸다. 추락 전투기 조종사들의 유해는 발견되지 않았다. 이런 경우를 위해 미리 확보해둔 머리카락과 손톱 등이 유해를 대신해 안장되었다.

1989년 7월 5일, 그의 뒤를 쫓던 군대동기도 "리더 미스"라는 말만 남긴 채 사라졌다. 진급이 빨랐던 그는 그해에 대위에 임관되었다. 그의 동기는 진급 기회도 놓치고, 그의 뒤를 따라가는 것도 놓치고, 그의 가족에게로 돌아가는 길도 놓쳤다.

친구의 사체는 발견되지 않았고, 친구가 타고 있던 비행기의 잔해도 발견되지 않았다. 친구의 부모는 자식의 죽음을 인정하지 않았다. 우리 아이는 죽지 않았다고 외치던 그들의 울부짖음이 아직도 생생하다. 같이 나갔는데 왜 너 혼자 돌아왔느냐고, 왜 우리 아이를 데리고 들어오지 않았느냐고 그들은 그의 옷깃을 거머쥐고 몸부림쳤다. 사라진 동기에게는 약혼녀가 있었다. 그가 전역을 하면서 다시 친구의 집을 찾아갔을 때, 그녀는 약혼자가 실종된 지, 혹은 죽은 지 몇달이 지났는데도 여전히 그 집을 드나들고 있었다. 시간이 광포한 격정을 삭여놓아 친구의 어머니는 더이상 그의 옷섶을 거머쥐려고 들지 않았다. 그에게 불개 이야기를 들려준 사람은 친구의 어머니였다.

―어찌 아니 뜨겁고, 어찌 아니 차가웠겠느냐.

친구의 약혼녀는 그와 함께 불개 이야기를 들으면서 한번도 그의 눈을 바라보지 않았다. 왜 혼자서만 돌아왔느냐고 책망하는 눈빛도 아니었다. 여자의 눈은 너무 깊어서, 그 눈 속에 세상의 모든 검은 바다가 다 들어 있는 것 같았다.

그 여자의 이름이 가은이었던가? 그랬을 수도 있고 그렇지 않을 수도 있었다. 세월이 너무 오래 흘렀고 그는 너무나 많은 것을 잊었다. 그가 나이들어 쓰기 시작한 이메일의 뒷자리에 1989라는 숫자를 입력한 것은 그해에 그의 동기가 사라졌기 때문이 아니었다. 물론 그의 어머니가 돌아가신 해였기 때문도 아니었다. 1989년은 딸아이가 태어난 해였다. 완강하게 이혼을 요구하던 아내의 신경증을 한번에 치료해준 임신이었고, 또한 출생이었다.

"그러고보니 동굴에 가본 적이 있어요."

까페 앞에 멈춰서서, 여전히 노란 불빛의 간판을 바라보며 그가 이은경에게 말했다.

"버진은 아니었지만요."

이은경처럼 농담을 해보고 싶었지만, 그렇게 성공적인 것 같지는 않았다. 그러나 그때야말로 농담이 필요한 상황은 아닌 듯했다.

그는 기억할 수 있었다. 어느해의 어느날, 그는 아내와 아이와 함께 동굴 속에 있었다. 여름 여행지였을 것이다. 배를 타고 들어가야 하는, 세계에서 가장 긴 수중동굴이라는 간판이 붙은 그 동굴은 중국 본계(本溪)에 있었다. 배는 동굴 안으로 흘러들어갔다. 차갑고 시린 물이 배 밑전을 받치고 있었다. 한여름인 것만

믿고 입구에서 나눠준 겨울점퍼를 입지 않았던 그들은 그 동굴 안이 추워 견딜 수가 없었다. 그러나 배는 끝없이 끝없이 흘러갔다. 아주 조용히, 차갑게, 미끄러지듯이…… 그는 이빨을 딱딱 부딪치며 떨고 있는 아이의 어깨를 끌어안았다. 추위는 가시지 않았다. 그는 이번에는 아내의 어깨를 끌어안았다. 맞은편에서 불을 밝힌 배 한척이 그들을 향해 흘러왔다. 아내가 그의 손을 잡았다. 맞은편 배의 사람들은 어둠과 낮은 조명과 추위 속에서 마치 유령같이 고요히 앉아 있었다. 잠시 후, 딸이 그의 손을 잡았다. 그들 셋은 손을 포개잡고는, 유령 같은 사람들이 탄 배를, 유령같이 지나쳤다.

우리는 지금 꿈을 꾸고 있는 거야. 그때 그는 어쩌면 말했을지도 모른다. 아주 잠시, 세상의 이면으로 사라지는 꿈, 달콤한 꿈이지. 우리가 잠시 사라진 동안에도 세상은 이토록 거대한 구멍을 품고도, 여전히 무사하다는 것을 믿으면 돼. 세상은 결코 완전히 채워져 있지 않다는 거. 그리고 우리는 지금, 그곳, 비어 있는 곳에 있다는 거…… 그것만 알면 되는 거야.

빗발이 굵어지기 시작했다. 까페 '가은, 1989'의 노란색 간판이 빗발과 함께 흔들렸다. 그는 어쩌면 자신이 지난 세월의 어느 순간에 잠이 들어 아직까지도 그 긴 꿈을 꾸고 있는지 모른다고 생각했는데, 그것은 그로서는 완전히 잃어버렸다고 생각했던 매혹적인, 그리고 따뜻한 상상이 아닐 수 없었다. 이은경이 다시 그를 앞장서 걷기 시작했을 때, 그는 서둘러 뒤를 좇았다. '가은, 1989'의 푸른색 청동 손잡이가 먼저 그의 손을 잡았다.

산 너머 남촌에는

참 이상도 하지.

그 기억이 왜 그렇게나 떠오르는지 모를 일이다. 서방이 죽었을 때의 기억은 물론이거니와 생때같은 자식을 잃었을 때의 그 생생하던 고통도 다 잊었는데, 잊었다기보다는 더이상은 가뭇가뭇 잘 떠오르지도 않는데, 그놈의 바람, 귀밑을 스치는 바람이 불어오기만 하면 꼭 그때가 생각나는 것이다. 좀 높은 곳의 창을 발돋움해 열다가도 문득, 베란다에 서서 아들이 퇴근할 때가 되었는가, 손주들이 귀가할 때가 되었는가를 흔들흔들 서서 내다보다가도 문득, 귀밑 흰머리 몇올이 흔들리는가 싶기만 하면 난데없이 그때가 떠올랐다. 참 이상도 하지. 그것은 특별한 기억도 아니거니와, 그런 일이야 그이 인생에서는 넘치고 처지는 정도의 것이니, 각별히 기억에 담고 말고도 할 게 없는 일이다. 그런데도 그놈의 바람, 그 살랑거리는 바람이 귀밑을 간질이기만 하면, 어쩌자고 그 눅눅한 기억 중에서도 유독 그놈의 바람만이 떠오르는 것이다. 그리하여 마침내 이가 송송 빠진 합죽입이 벙긋 벌어지고, 이제는 해를 헤아릴 수도 없을 만큼 오래된, 그러나 완전히 그때로 돌아간 듯한 미소가 홀쭉한 뺨에 무구히 떠오르는 것이다.

 열한번째의 아이가 들어섰을 때의 일이다. 열여덟에 시집을 와 마흔이 넘을 때까지 그녀는 열두 번의 임신을 했는데, 남편이 일본군대에 끌려가 있던 몇해와 딴 계집과 살림을 차렸던 몇해, 그리고 외지를 떠돌던 동안을 제외하고는, 그야말로 부른 배가 꺼질 사이도 없이 애를 배고 또 배고 한 셈이다. 열한번째가 되기 전까지, 그러니까 앞의 열 명의 새끼들 중, 둘은 낳아보니 이미 뱃속에서 죽었고, 하나는 뱃속에 들어선 지 몇달 안되어 핏덩이로 쏟아냈으며, 둘은 돌이 되기 전에 숨을 거뒀다. 살려서 거둔 자식들 중 위로부터 셋째까지가 모두 아들이었으므로 자식복이 없다고 할 수는 없었다. 그러므로 이제는 그만 낳아도 좋다 싶었다.

 열한번째 새끼가 뱃속에 들어섰다는 것을 알았을 때, 그녀는 들고 있던 바가지를 부엌 바닥에 내동댕이쳐 깨뜨렸다. 씹을헐놈, 서방에 대한 욕설이 먼저 터져나왔다. 외지를 떠돌던 남편이 몇년 만에 돌아와 한 일이라는 게 고작 씹질뿐이었으니, 들의 밭에다 뿌리면 탐스러운 열매나 되지, 이것은 이제 무엇을 할 물건이란 말인가. 애를 낳는 일은 고되고 더러운 일이었다. 똥끝이 밀고 나오는가 하면 염불이 빠져나오기도 했다. 생살로 바닥을 쓸고 다니는 것처럼 쓰리고 아리고 펄펄 뛰게 아픈 것은 물론이거니와 고쟁이는 항상 오물과 피로 더럽혀져 엉덩이를 흔들지 않아도 악취가 쫓아다녔다. 그래도 밭은 매야 했고, 젖을 빠는 새끼부터 밥알을 세는 새끼까지 밥은 먹여야 했다. 애를 밸 때마다 열 달 내내 욕을 입에 달고 살았다. 서방에 대한 저주는 물론이거니와, 어린 새끼들한테도 가차없이 '씹을헐놈' '씹을헐년' 욕을 갖다붙였는데, 젖먹이 계집애가 그 욕을 들으면서도 벙긋 웃는 것을 보면 자기 입에서도 웃음이 터졌다. 이미 낳아놓은 새끼야 입에 담지 못할 욕을 하다가도 잘근잘근 깨물어주고 싶도록 이쁜 게 사실이지만, 아직 낳지 않은 새끼는 달랐다.

  그녀는 찬장에다 모아둔 돈을 꺼냈다. 알량하기는 하나, 읍내 의사에게 지불할 만큼은 되는 돈이었다. 구깃구깃한 지폐와 동전을 손바닥에 차곡차곡 올려놓은 채 그녀는 또 터져나오려는 욕설을 눌러참았다. 돈 주고 애를 떼어내다니, 그전에는 생각도 못한 일이다. 열여덟에 시집와 스물다섯살이 될 때까지 그녀는 연거푸 두 번 죽은 새끼를 낳았다. 울지도 않고 숨쉬지도 않던 어린것…… 둘 중의 하나는 방금 전까지도 숨을 쉰 듯 콧등이 따듯했다. 산 것을 낳을 수만 있다면, 밭을 갈듯 자신의 몸을 갈아도 좋겠다고 생각했다. 밟고 갈고 매고, 무엇이든…… 열 번이나 임신을 하고, 나이 마흔이 넘고, 살아 있는 다섯의 아이를 거두기 전까지는 그랬다.

걸어서 두 시간 거리 남짓에 있는 읍내의 병원에서는 늙어 눈밑이 거뭇한 의사가 진료를 했다. 근동의 모든 사람들이 그 의사의 주사를 맞았다. 운이 좋은 사람은 병이 나았고, 운이 나쁜 사람은 자리에서 일어서지 못한 채 황천길을 떠났다. 어떻든 주사를 맞다가 그 자리에서 죽어나가는 사람은 없었다. 아이를 긁어내기 위해 다리를 넓게 벌리고 누운 그녀에게 의사가 욕설을 내뱉었다. 오래 빨아입지 않은 고쟁이와 뒷물하지 않은 아래에서 짠 젓갈냄새가 진동을 했다. 수술이 진행되는 동안, 그녀는 자신에게서 풍겨나오는 냄새가 부끄러워서가 아니라 마취가 덜 된, 쑤셔박는 듯한 통증 때문에 늙은 의사의 욕설이라든가 수상한 손짓 같은 것은 신경조차 쓸 수 없었다. 수술을 끝내고 다시 냄새나는 고쟁이를 입을 때, 그녀는 자신의 허벅지에 묻어 있는 수상한 액체를 보았다. 씹을헐놈. 욕설은 입밖으로 나오지 않았다. 아무려나, 의사선생님이 아니신가.

돌아오는 두 시간 길은 길었다. 밑구멍으로부터 올라오는 통증은 여전히 생생했고, 허망하게 생명이 빠져나간 자리의 헛헛함 때문인지 다리에서는 툭하면 힘이 빠져 무릎이 꺾였다. 초여름, 한낮의 땡볕이 무지막지하게 내리쪼여 땀이 온몸을 적셨다. 밭두렁에서 새끼를 낳고 호미로 탯줄을 자르고, 그후에는 못다 맨 이랑을 마저 매는 것이 농부의 아낙이다. 그녀 역시 그렇게 살았다. 그러나 그날 집으로 돌아가는 두 시간 길은 단숨에 맬 수 있는 이랑이 아니었다. 그녀는 길가 땡볕 아래에 주저앉아 숨을 가눴다. 그러고는 다시 걸었고, 걷다가는 또 주저앉았다. 세 번쯤 그렇게 주저앉았을 때, 문득 이마가 시원했다. 그러고는 목덜미가, 그러고는 귀밑이. 그녀의 눈이 가늘어지며 온 얼굴에 웃음이 실렸다. 아이고, 바람이 좋기도 하여라. 참으로 시원한 바람도 다 있구나. 세상에 이렇게 시원한 바람은 처음이로다. 땀에 젖어 귀밑에 달라붙어 있던 머리카락이 바람과 함께 그녀를 간질였다.

 그 얼마 후, 그녀는 또 한번의 임신을 했는데 생돈을 들여 애를 지운 지 그야말로 고작 몇달 만의 일이어서 그녀는 읍내 병원에 버려두고 온 씨앗이 다시 뱃속으로 되돌아온 것은 아닌가 의심하지 않을 수 없었다. 그녀는 그 아이를 낳을 수밖에 없었다. 마침 고추 수확을 한 직후라 돈은 충분했지만, 애써 지워도 다시 돌아온다면 뭐 하러 아까운 돈을 들이겠는가. 산 것들 중에서는 여섯번째, 죽은 것과 산 것을 전부 합쳐서는 열두번째가 된 아이는 그녀에게는 마지막 아이가 되었다. 남편은 그녀의 마지막 아이가 세상을 보기 며칠 전에 타지에서 숨을 놓았다는 소식을 보내왔다. 무슨 금광바람이 불어 노상 금을 캐러 다니던 시절이었으니, 타지가 어느 곳인지, 숨은 어떻게 거두었다는 것인지도 알 수 없었다. 시어른들이 나서고, 아비가 밖을 떠도는 동안 한몫을 하게 자란 큰아들이 함께 쫓아가 시신을 수습해왔다. 그리고 그녀는 열두번째 아이를 낳았다.

 허무하게 죽은 남편을 보내기 위해 굿을 하는 동안, 해산어미는 젖먹이를 품에 안고 쪼그려앉아 있었다. 긴 굿거리가 다 끝나도록 그녀는 의지할 거라곤 그것밖에 없다는 듯, 젖먹이를 품에서 놓지 않았다. 만신이 공수를 했다. 별다른 사설은 없었다. 죽은 남편은 살아서나 죽어서나 똑같이 하나마나한 소리만 해댔는데, 죽어서 홀로 가는 황천길이 외롭고 쓸쓸하다는 이야기뿐이었다. 여보 마누라, 내가 당신을 혼자 놔두고 어찌 가오, 어찌 가오…… 만신의 입에서 징징거리는 울음소리가 나와도 그녀는 같이 울지 않았다. 오살을 할, 그러나 이제는 오살을 할 수도 없게 된 인간이 죽어서도 노잣돈 챙기기에만 급급하지 않은가. 젖먹이에 대한 이야기는 '가련하고 가련하다'는 말뿐이었다. 젖먹이 말이 나올 때 그녀는 잔뜩 땀을 흘렸는데, 더이상은 별다른 말이 없자 그녀의 입에서 긴 한숨이 흘러나왔다. 귀신이라는 게 그리 쉽게 들어오고 그리 쉽게 나가고 하겠는가. 들어오지 않으면 나갈 일도 없을 터이고, 그러면 그저 그런 것이지. 그저 그렇지 않을 게 뭐가 있겠는가. 젖먹이가 혼자 일어나 걸음마를 시작하고 말문이 트이고, 그후 다른 형제들보다 더하지도 덜하지도 않은 고만고만한 것으로 자라나는 것을 보면서도 아주 오랫동안, 그녀는 막내에 대한 기묘한 걱정 때문에 가끔 얼굴이 어두워졌다. 물론 오래전 이야기다. 그로부터 오십여년 가까이가 흘러버린 지금, 그녀는 많은 것을 잊었다. 아니, 더 정확히 말하면 대부분을 잊었다고 말하는 편이 옳을 것이다. 기억하는 것이 아주 없다고는 말할 수 없겠으나 기억은 기억과 단절되어 의미를 알 수 없는 이미지로 헛돌았다. 바람만 하더라도 그렇다. 그녀의 기억 속에는 왜 그 바람이 들어왔을까. 막내에 대해서도 마찬가지다. 그녀는 지금까지도 간혹 막내를 유심히 바라보곤 할 때가 있는데, 그 눈빛이 다른 자식들을 볼 때와는 달리 각별하여 막내를 기겁하게 하곤 했다. 왜 그렇게 기분나쁜 눈으로 봐? 엄만, 툭하면 그러더라. 한동안은 이유가 있었겠으나, 이제 구십이 가까워 오는 나이쯤에 이르면, 이유 같은 건 다 사라져버리게 마련이다. 이유는 있겠으나 의미는 없다. 누군가를 유심히 보는 눈길, 공연히 벙긋 입이 벌어져 입가에 실리는 웃음, 그러한 모든 것들은 그저 습관처럼 존재한다. 수없이 많은 습관들 중에 그저 오래 남아 있는 습관…… 그 모든 것들은 그녀의 마지막 습관과 함께 소멸할 것이다. 그러니까 숨을 쉬는 일, 습관대로 살아서 숨을 쉬는 일 말이다.

사람의 나이 육십이 넘으면, 남의 나이라고 했다. 자기 나이를 꽉꽉 채우고 남의 나이로 넘어가던 무렵, 그러니까 육십 무렵에 그녀는 난생처음으로 해외여행이라는 걸 했다. 자기 나이, 남의 나이를 운운하기에도 멋쩍을 만큼 육십은 너무 시퍼런 나이여서 환갑을 챙기기도 부끄러울 지경인데, 자식들이 돈을 모아 효도 여행권을 사주었다. 펄펄 끓는 더위에 쨍쨍한 햇살 아래 난생처음 본 석상과 절 들이 가득했다. 볼 것도 많고 구경할 것도 많았으나, 그녀는 오만군데에 있는 오만가지의 나무들에 정신을 빼앗겼다. 도무지, 나무란 게 그렇게까지 장해도 되는가 말이다. 열대의 나무들은 크고 높고 시퍼렜다. 마치 오만군데에서 고음의 노래를 불러대거나, 웃음을 터뜨리거나, 악악 소리를 질러대는 것 같았다. 그녀는 나무들 사이에서 귀가 아팠고, 현기증을 느꼈다.

열대의 나무들은 나이테가 없고, 또 어떤 것은 거짓 나이테를 만들기도 한다는 것을 그녀는 그곳에서 들어 알았다. 일년 내내 쑥쑥 자라기만 하느라 나이테를 만들 시간도 없는 나무들의 굵고 무성한 뿌리들이 발밑으로 느껴져 그녀는 발바닥이 괜히 쫄밋쫄밋했다. 나무가 거짓 나이테를 만드는 것은 심한 가뭄 때문이라고 했는데, 나이가 반드시 숫자로만 헤아려지는 것이 아니라면, 그러니까 생의 결에 새겨진 지워지지 않는 상처로도 헤아려지는 것이라면, 열대 나무의 나이테 역시 거짓이라 할 수는 없을 터이다. 열대의 가뭄, 그 목마름이 오죽하였으랴. 자기 몸에 깊은 생채기를 남겨 주름을 새길 만큼 갈증은 제 살을 파먹는 고통이었을 터이다.

좀더 늙어 남의 나이를 맞았으면 좋았을 것이라고, 계원들과 함께 갔던 여행지, 열대의 밤에 그녀는 생각했다. 육십이 너무 시퍼레서 가짜 나이테를 만들고 상처를 주장하며 엄살을 떨기가 민망했던 것이다. 그러나 지금 구십이 가까운 나이에 돌이켜보면, 육십이나 구십이나 크게 다를 바도 없다. 외려, 당신의 나이 전체가 남의 것은 아니었을까 싶기도 하다. 특별히 허망해서가 아니고, 특별히 회한이 많아서가 아니다. 자식 여섯은 골고루 다 잘 커서, 좀 빠지는 놈이 있는가 하면 좀 넘치는 놈도 있기는 하지만, 다들 제 밥벌이는 하고 살았다. 다들 일가를 이루어 둘씩 셋씩 새끼들을 거두었다. 모처럼 온 식구가 다 모인 그녀의 여든여덟번째 생일에는 넓은 평수의 아파트 거실에 앉을 자리가 없을 지경이었다. 그녀는 쏘파에 발과 다리를 올리고, 작은 몸피 때문에 쪼그린 듯 앉아, 거실과 주방과 이방 저방을 왔다갔다하는 자식과 며느리와 사위 들, 그리고 손자와 손녀, 증손주 들의 숫자를 헤아렸다. 엄마, 뭐 하느냐고, 막내가 옆에 다가와 물을 때 그녀는 백칠십을 헤아리고 있었다. 그때 텔레비전에서 큰며느리가 좋아하는 연속극을 했는데, 연속극이 시작되는 시간을 따져보니 그녀는 한시간 넘게 가만히 앉아 숫자만 세고 있었던 것이다. 큰며느리를 두 번 셌다가 한번 지우고, 또다시 세었다가는 다시 또 한번 지우고, 그러다가는 세는지 지우는지도 모르고 센 것이 백칠십이었다. 어쩌면 구백칠십이었는지도 모른다. 아이고, 이 집에 사람이 너무 많다. 그녀는 두려운 듯 말했는데, 막내는 번성한 집안이 마치 자신의 자랑거리이기라도 한 듯 그렇지?라고 대꾸했다. 그때 그녀는 다시 막내의 얼굴을 유심히 들여다보았다. 또, 또! 또 그런다! 막내가 진저리를 치며 자리에서 일어서버리는 그 잠깐 사이, 그녀는 자신이 보고자 한 것이 무엇인지를 잊어버렸다. 그러니까 여든여덟살의 나이, 내일모레면 곧 구십인 나이가 통째로 남의 것은 아니었는가 여겨지는 것은, 자신이 더이상은 아무것도 기억하지 않는다는 사실에 있었다. 상처나 슬픔이나 고통이나 그런 것은 물론이거니와, 어느날 어느 때 그리 즐겁고 행복했는지도 마찬가지다. 그녀의 자식들은 의가 좋은 편이었다. 때마다 잘 모였고, 모여서는 함께 먹고 쉼없이 이야기를 나누며 요란하게 웃음보를 터뜨리곤 했다. 몸피가 졸아들어 이제 한줌밖에 안되는 그녀는 자식들 틈에 없는 듯이 앉아 그들이 나누는 이야기를 듣곤 했다. 왁자한 웃음 속에 어떤 자식 하나는 그녀에게도 기억을 보채게 마련이었다.

그때 말이야, 엄마.

그러나 그때라니⋯⋯ 그녀는 기억하지 못했거니와, 그러한 기억이 자식의 얼굴에 실어주는 그 웃음, 그 즐거움이 신기했다. 자식이 저토록 기쁘게 웃으면 어미의 마음은 고봉밥 한그릇을 뚝딱 비운 듯 부르고 따듯해져야 옳을 일이다. 그러나 그녀는 부르고 따듯한 마음의 기억조차 잊은 듯하다. 그때 무슨 일이 있었는지, 그리고 그때 그 무슨 일은 왜 저 아이를 저렇게 즐겁게 만드는지, 즐거움이란 대체 무엇인지⋯⋯ 물론 그녀가 웃음을 완전히 잊어버린 것은 아니다. 그녀는 텔레비전 코미디 프로그램을 보다가도 웃었고, 자식들과 손주들이 모두 나가 텅 빈 집에 하루종일 꼼짝 않고 앉아 있다가도 그냥 문득 웃었다. 그리고 때때로 울었다. 당신을 무시하는 며느리 때문에도 울었고, 무심한 큰아들 때문에도 울었고, 괜히 혼자 넘어져서도 울었다. 그러나 그녀가 웃거나 우는 이유는 행복이라든가, 슬픔 때문이 아니라 아마도 허전함 때문이었다. 자신은 빈 항아리거나, 아니면 구멍이 숭숭 난 대바구니 같았다. 생이 아가리로 들어왔다가 알 수 없는 곳으로 사라져, 남은 것은 텅 빈 것뿐이다. 텅 빈 것조차도 남아 있는 것이라 말할 수 있다면, 말이다.

여든 무렵에 그녀는 화장실에서 낙상을 한번 하고는, 도무지 일어서지를 못한 채 오래 앓았다. 병에도 '내로라할 병'과 그렇지 않은 병이 있다면 그녀의 병은 그렇지 않은 쪽에 속했다. 끝없이 어딘가가 아주 깊고, 무겁게 아팠으나 의사들은 그녀의 병명에 대해 속시원한 대답을 해주지 않았다. 그러나 캐어물으면 결국, 늙어 그렇다는 소리였다. 늙어 그런 병을 무엇으로 고칠 수 있겠나. 살이 빠지고, 키가 줄어들고, 기운이 달아나고, 그리고 마침내 그녀 자신도 뭐라고 말할 수 없는 무언가가 사라졌다. 그것은 그러니까, 그냥 사라져버린 것이다. 오랜 세월에 걸쳐, 아주 조금씩. 그리하여 사라졌다는 것을 깨닫는 순간, 그것이 무엇인지조차 잊어버리게 된.

자식들은 집안에 우환이 생기면 그녀에게 그 사실을 숨겼다. 작은아들이 심혈관 수술을 받아 목숨이 왔다갔다하는 동안에도 그녀는 그 사실을 알지 못했다. 수술결과가 좋아서 더이상은 걱정할 필요가 없을 때에야 큰아들이 그러저러한 일이 있었다는 것을 알려주며 그녀를 병원에 데려가주었다. 고비를 넘긴 작은아들은 살아 다시 어미를 보는 것에 새삼 감정이 복받쳤는지, 그녀를 보자마자 눈가가 확 붉어졌다. 그녀가 병실에 머물러 있는 동안 아들은 어미의 손을 놓으려 하지 않았다. 자식들 중에서도 차가운 편인 작은아들은 그전에는 어미의 손을 잡은 적이 없었다. 그것은 그후에도 마찬가지이다.

자식들은 그녀를 여러가지 방식으로 속였다. 같이 사는 큰아들은 매일 먹는 고혈압약을 영양제라고 했고, 딸들은 해외여행을 갈 때마다 경주여행을 간다든가, 가까운 바닷가에 놀러 가 며칠 자고 온다고 둘러댔다. 그러지 않으면 그녀가 걱정을 이고 산다는 것인데, 자식들의 생각은 반은 맞고 반은 틀렸다. 언젠가부터 확실히, 그녀는 생각의 범위가 좁아졌다. 아침부터 저녁까지 그녀는 한가지 생각만 할 때가 있었다. 하루는 놀랍게 짧거나 견딜 수 없이 길었다. 그때 그녀의 생각이 걱정에 관한 것이라면, 그녀가 걱정을 이고 사는 노인네라는 말은 옳았다. 그러나 걱정은 무의미했다. 늙은이가 걱정을 해봤자 아무 소용도 없겠거니와, 설령 무슨 뾰족한 수가 있다고 하더라도 그녀가 그 의미를 알지 못했다. 언제부터인가는 모르겠으나, 지금의 그녀가 남의 나이로 산다는 것만은 분명한 사실인 듯했다. 그녀의 일부, 혹은 절반 이상이 다른 집에서 살고 있는 것 같았다. 여기, 큰아들과 함께 있는 이 집이 아니라 그녀가 알지 못하는 다른 사람의 집. 그런데 그것은 누구의 집일까. 그녀에게 집을 빌려주느라 서둘러 자기 집을 떠나버린 사람은 누구일까.

큰아들은 막내가 해외여행을 떠났다고 했다. 정작 해외여행을 떠났을 때는 가까운 곳에 꽃놀이를 갔다거나 단풍놀이를 갔다고 둘러대더니, 이번에는 어지간히 둘러댈 말이 없었던 모양이다. 부부동반에 아이들까지 데리고 미국엘 갔다나, 영국엘 갔다나…… 막내의 전화가 끊긴 뒤부터 노을 무렵 베란다에 서서 밖을 내다보는 그녀의 눈길이 길어졌다. 미국이 아파트 문밖에 있는 나라인 것처럼. 평소에 막내는 전화를 자주 하는 편이었다. 다른 자식들이 며칠씩 혹은 열흘에 스무날이 넘도록 어미를 깜빡 잊고 사는 것은 그러려니 하면서도 저에게서 전화가 뜸하기만 하면 당장 안달을 하는 어미를 알고 있어서일 것이다. 전화가 올 때거나 안 올 때거나, 그녀는 툭하면 막내를 생각했다. 그것은 너무나 오래된 습관이어서, 이제는 왜 그렇게 되었는지 기억조차 나지 않지만, 어쨌든 그렇게 되어버린 일이다.

아비가 죽은 후 씻김을 하던 만신은 갓난쟁이 막내에게 악담도 축복도 하지 않았다. 무언가를 의심해봐야 할, 생의 우연은 막내에게 일어나지 않았다. 막내는 그저 평범한 아이였고, 그래서 고마웠다. 막내는 최고는 아니지만 그렇다고 그리 나쁘지도 않은 대학을 나와, 저보다 열댓살이나 많은 큰오라비가 살 만큼 생을 살아본 안목으로 골라준 남자와 선을 봐 결혼했다. 선을 봐 만난 것치고는 결혼 전까지의 연애가 요란뻑적지근했다. 툭하면 헤어지고 툭하면 다시 만나면서, 막내는 열정적으로 행복해하고 절망적으로 괴로워했다. 때로는 밥을 굶고 때로는 죽겠다고 난리를 치기도 했는데, 그 모든 것이 막내 혼자만의 발작에 불과했음을 그녀는 나중에야 알았다. 그저 무엇이든 남들만큼만 갖고 사는, 그러니까 넘치지도 처지지도 않는 아이라고 여긴 막내의 내부에 실은 뻥 하고 뚫린 구멍이 있었다는 것을 그녀는 그때 처음 알았다. 막내는 두려워하고 있었던 것이다. 그녀의 오라비들, 오라비이면서 아비인 그들처럼, 남편도 그녀에겐 아비이고 오라비여야 했다. 그러나 그것이 가능한 일일까. 막내는 하루에도 열두 번씩 홀로 광야에 던져졌다가, 홀로 지쳐 집으로 돌아오곤 했다. 그 무렵의 막내는 연극무대에 홀로 오른 배우처럼, 뜨겁고 아슬아슬했다.

  막내의 결혼식날엔 비가 내렸다. 그 기억은 선명하다. 차에서 내려 예식장으로 들어가는 잠깐 사이, 막내의 면사포가 비에 젖었다. 그리고 이마에도 빗방울이 맺혔다. 그녀는 막내가 그 빗방울을 영원히 기억하고 살게 되리라고 생각했다. 그리고 그 생각은 지금도 여전하다. 기억은 내부에 잠복해 있다가 무거운 옷을 완전히 벗어던진 후에야 수면으로 떠오른다. 지금 막내가 그 빗방울을 기억하지 못한다면, 기억이 아직 자신의 옷을 벗어던지지 못했기 때문일 뿐이다.

막내네 가족이 미국으로 여행을 떠났다고 아들이 알려주던 무렵, 그녀는 집 안으로 날아든 풍뎅이 한마리를 발견했다. 등껍데기 색깔이 어찌나 선명하고 곱던지, 어린 손주가 있다면 "옜다, 이것 가져라" 마치 처음부터 자기 것인 양 선물해주고 싶을 지경이었다. 풍뎅이를 쭈글쭈글한 손바닥에 올려놓고, 그녀는 한참 동안이나 그것을 내려다보았다. 그런데 순간, 이해할 수 없는 일이었지만, 가슴 어디께가 쥐어짜듯이 아팠다. 찰나적인 일이기는 했다. 그러나 그것은 격렬한 고통이었고, 슬픔이었다. 그같이 격렬한 감정에 휘말린 것이 얼마나 오랜만의 일인지 그녀는 그 감정이 사라진 뒤에도 놀라운 마음으로 한동안 움직일 수가 없었다. 두근거리던 가슴이 가라앉은 후, 그녀는 풍뎅이를 창틀에 올려놓고 발돋움을 하여 창문을 열어주었다. 바람이 그녀의 귀밑머리를 흔들었다.

사람들은 늙은이가 나이를 먹으면 젊을 때는 보지 못한 것들을 보게 된다고 믿기도 한다. 그날 그녀의 가슴이 아팠던 것도 혹시 그래서였을까. 그녀의 일부, 혹은 절반 이상이 몸을 담고 있는 집이 어떤 사람의 집인지 알 수 없으니, 그녀는 혹시 무당일 수도 있겠다. 무엇이든 가능하지 않은 일이 있으랴. 그때 그녀는 누군가가 세상을 떠났다는 것을 알았다. 그 누군가가 이승을 완전히 떠나기 전에 그녀에게 인사를 건네러 왔다는 것도 알았다.

애틋함을 견딜 수 없고, 어느새 가슴을 먹먹하게 하고 숨을 막히게 하는 그리움도 견딜 수가 없는데, 눈물이 나오지는 않았다. 무병을 앓듯 그 며칠 동안 그녀는 자리에서 일어나지 못했다. 큰 아들과 큰며느리의 얼굴이 그 며칠 시꺼멓게 먹물을 칠해놓은 듯 어두웠다.

  새끼 둘을 죽은 것으로 낳았고, 아침에 멀쩡히 젖을 빨던 것이 저녁에 숨을 거두는 것도 보았고, 산 것을 핏덩어리로 쏟아내보기도 했으나, 자식이 죽는다는 것이 무엇인지는 죽어도 알 수 없는 일이다. 제 배를 갈라 그 속을 제 손으로 쥐어짠다 하여도 그 아픔을 비견할 수는 없는 일이다. 그러나 그것은 아주 오래전의 일이다. 늙어가며 좋은 일이 있다면, 이젠 더이상 그 일을 곰곰이 기억하지 않아도 된다는 것이다. 시간이 아주 오래 걸리기는 했지만, 그것 역시도 모든 일 중의 하나가 되었다. 모든 일 중의 하나이면서, 또한 유일한 그것…… 체의 구멍이 넓어진다. 때로는 어떤 것을 위해서는, 체가 스스로 자기 구멍을 넓히기도 하는 것이다.

  미국으로 여행을 갔다던 막내가 불쑥 그녀의 방문을 열고 들어선 것은 막내에게서 전화가 끊긴 즈음으로부터 거의 한달이 지나서의 일이었다. 큰아들과 며느리가 전부 집을 비우고, 그녀 혼자 집을 지키던 대낮이었다. 혼자 있는 그녀는 현관문을 잘 열지 못했기 때문에, 전에도 막내는 제 큰오라비한테 비밀번호를 물어 스스로 문을 따서 들어오곤 했다. 그러니 불쑥 들어서는 막내가 새삼스러울 것은 없었다. 그녀의 방에는 이부자리가 깔려 있었다. 겨울도 아니었는데 막내는 이부자리 속으로 발을 묻고, 어미의 손을 잡았다.
 잘 다녀왔니?
 그녀가 묻자 막내는 고개를 끄덕였다. 엄마, 선물을 못 사왔네. 이불 속에 발을 묻은 막내가 끄덕끄덕 졸기 시작하다가 잠에 빠져들기까지, 어미에게 한 말은 그것이 유일했다.
 그녀는 잠든 막내의 얼굴을 내려다보았다. 너가 귀신이냐, 산 것이냐. 그녀는 묻고 싶었으나 두려워 물을 수 없었다. 막내의 얼굴에서 무언가 사라진 것만은 분명했다. 그러나 귀신이면 어떠하고 산 것이면 어떠한가. 다만 막내가 여기에 있다는 것이 고마울 뿐이었다. 낮잠에 빠져든 막내는 방이 어둑해질 무렵까지도 깨어나지 않았고, 큰아들이 귀가해서는 방문을 열어보았다. 너도 이 아이가 보이느냐, 묻고 싶은데 큰아들의 얼굴이 어두웠다. 아프고 아린 얼굴, 오래전에는 여동생이면서 또한 자식이나 다름없던 계집아이를 불현듯 기억하는 얼굴이었다. 퇴근이 오늘 일렀니, 물으려는데 막내의 서방이 전화를 넣었더라고 먼저 말을 꺼냈다. 사위가 전화를 넣다니…… 그렇다면 사위도 아직은 이승에 있는 셈이다. 그게 아니라면 그들 모두가 떠나고, 그녀 혼자만이 남았거나. 순간 집 안의 어둠이 더욱 짙어지는 듯하다. 그녀는 그들의 그림자를 보았다. 그녀가 무당이 아니더라도, 그들이 아직 그녀와 함께 있다는 것은 분명했다.
 그럼, 누가 떠났을까. 그들의 집을 떠난 것은 누구일까. 막내의 막내라고 했다. 교통사고였단다. 병원에 가고 응급수술을 하고 그럴 것도 없이 현장에서 그냥 떴단다. 아들이 이야기하는 동안 그녀는 쏘파 아래 바닥에 쪼그려앉아, 한줌밖에 안되는 몸을 흔들흔들 흔들었다. 무당의 손에서 흔들리는 제구처럼, 흔들흔들…… 이상하게도, 막내의 막내, 그녀가 그토록 귀여워한 그 어린것의 얼굴이 떠오르지 않았다. 막내의 막내, 그 어린것의 나이가 올해 스물이던가, 스물하나던가도 떠오르지 않았다. 하기야 이상할 것이 무엇이 있겠는가. 때로는 자기 새끼의 얼굴도 떠오르지 않는 것을. 그녀는 어린 손녀의 얼굴 대신, 자신의 막내, 이제 낼모레면 오십이 될 막내의 스무살 때 얼굴을 떠올렸다. 그 시절에 그녀는 툭하면 막내의 얼굴을 유심히 들여다보곤 했다. 막내는 어미의 그런 눈길에 질색을 하면서 얼굴을 돌려버리곤 했는데, 그때마다 그림자처럼 막내의 하얀 이마가 기억에 남았다. 예쁘고 반듯하고 하얀 이마였다. 그 무엇도 그 이마에 자국을 새기지 못할 듯했다. 그러나 오늘, 잠든 딸의 이마에서는 난데없이 새의 발자국이 보였다. 딸의 나이 오십이 가깝도록 한번도 보지 못한 것인데, 그 흰 이마에 난데없이 새발자국이라니.

 딸이 태어나고 남편의 지노귀굿이 열리던 사십구재의 새벽, 소복이 쌓아놓은 흰쌀 위로 망자의 떠나가는 넋이 흔적으로 남았었다. 새발자국이었다. 의심하고 다시 볼 것 없이, 매우 뚜렷한 새발자국이어서 그녀는 하늘을 한동안 쳐다보았다. 아비 없이 태어난 딸이 그때 에에, 에에, 하고 울음소리를 냈다. 이제 그때의 막내는 그때의 그녀보다 더 나이가 들었다. 점잖고 제 집밖에는 모르는 남자와 결혼해 먹는 것 입는 것 걱정없이 살았고, 제 아비를 닮은 아들과 저를 닮은 딸을 하나씩 낳았다. 어려서는 짓궂은 남자아이가 땋은 머리 한번만 잡아당겨도 오라비 넷이 한꺼번에 달려가 그놈을 두들겨팼고, 커서는 귀가시간이 조금만 늦어도 오라비 넷이 골목마다 서서 지켰다. 결혼하고는 오라비 넷이 한주 걸러씩 돌아가며 막내의 집을 찾아가, 마치 늙은 아비처럼 괜히 십분 이십분씩 앉아 있다가 돌아오곤 했다. 큰오라비부터 막내오라비까지 늙은 아비처럼 구는 것은 똑같았다. 그때, 막내는 잘살려고 어찌나 노력을 했는지, 매일매일이 아슬아슬했다. 그 덕분이었는지, 하늘의 복이었는지 막내의 아들은 똑똑하고 건강하게 잘 컸고 막내의 막내, 그녀의 손주들 중에서 가장 어린 계집아이는 순하고 예뻤다. 그 막내의 막내가 대학에 들어가고 온 가족이 모인 날, 막내는 오라비들이 한잔 두잔 건네준 술에 취했는지, 아니면 감격에 취했는지 말했었다.

"아, 이젠 난 잠만 잘 거야. 아, 진짜 실컷 자야지! 그러니까, 오빠들도 이젠 우리집에 오지 마. 엄마도 오지 마."

오라비들이 어린 막내가 궁금해 뻔질나게 막내의 집을 찾아가던 시절이 이미 스무 해는 더 전의 일이라는 것을 까맣게 잊은 채 막내는 말했고, 오라비들은 순식간에 스무 해 전으로 돌아간 듯 웃음을 터뜨렸다. 그녀는 그 웃음소리들이 좋아 그저 따라 웃었다.

그 어린 막내, 그토록 어린 막내가 제 새끼를 잃었다. 교통사고였다니…… 제 목숨이 그만밖에는 안하는 것이라고는 해도 가는 길이 그리 가혹할 필요는 없었을 터인데. 막내가 있는 방으로 돌아가기 위해 일어섰다가, 그녀는 거실 바닥에 발을 쾅쾅 굴렀다. 입안에서 무언가 말이 터져나올 듯한데, 말은 터지지 않고 발뒤꿈치가 아프도록 발만 쾅쾅 굴러졌다. 방으로 돌아왔을 때, 막내가 일어나 앉아 있는 게 보였다. 그녀가 들어서는 것을 보면서 막내는 웃음을 띠웠다.

"엄마……"

막내의 목소리가 얼마나 무구한지, 그녀의 가슴이 발뒤꿈치마냥 아팠다. 그녀는 막내가 꿈을 꾸고 있다는 것을 알았다. 새끼를 묻고 나서, 한달 내내 잠만 자더라고 했다. 오죽했겠는가. 세상의 모든 것을 죽이고 싶고, 마침내 저가 저를 죽이고 싶어 막내는 깨어 있을 수 없었을 것이다. 어미를 보러 올 수 없던 것도 아마도 그래서였을 테지. 늙은 어미가 놀랄까 두려워서가 아니라, 제 새끼 때문에 어미마저 죽이고 싶을까봐 올 수 없었을 테지.

"선물을 못 사왔네…… 선물을 사왔어야 했는데……"

막내는 한 말을 다시 중얼거리고, 또 쓰러져 눕는다. 무구히 웃던 눈매에 그 웃음만큼이나 느닷없게 눈물이 불쑥 맺힌다. 그러나 모두 꿈속의 일이다. 막내의 꿈길을 여며주기 위해 이불을 끌어올리는데, 방바닥에 던져진 듯 놓인 막내의 손가락끝이 너덜너덜했다. 새끼를 보내는 동안 물어뜯고 또 물어뜯은 곳이 어찌 손가락과 손톱뿐이랴. 그녀의 가슴이 막내의 손끝처럼 순간 너덜너덜해진다. 고통과 슬픔이 그 너덜너덜해진 가슴속에 똬리를 트는데, 고통과 슬픔을 느끼는 것도 기운이 필요한 일이라, 그녀의 입에서는 그저 에에, 에에, 하고 울음 같은 숨이 쏟아져나올 뿐이다. 어미가 되어 제 새끼를 잃을 때까지, 막내의 삶에는 어떤 구멍들이 뚫렸을까. 그녀의 것처럼 생이 숭숭 구멍 뚫린 대바구니처럼 되기까지는, 또 얼마큼의 시간이 남았을까.

그나저나 선물이라니…… 죽는 날에 이르러, 두 손 가득히, 품안 가득히 받아들일 풍성한 선물이 기껏해야 아무것도 아니라는 걸 막내는 알까. 아무것도 아니어서, 모든 것인 그것…… 그 선물을 받기 위해 기나긴 생을 애면글면 살아간다는 걸 막내는 알까. 알 리가 없고, 아직은 알아서도 안될 터이다. 실은 그녀 역시도 알지 못하는 것이다.

그녀는 아픈 발꿈치를 자신도 모르게 어루만지며, 또 자신도 모르게 고개를 흔들며, 그리하여 모든 것은 다 헛되다고 생각한다. 운명이고 귀신이고, 다 헛된 일인 것이다. 그래서 그녀는 잠들어 깨어나지 못하는 막내의 이마에 손을 얹어 새발자국을 지운다. 새끼를 잃고, 어미의 집에 와서 잠든 막내의 마음이 오죽하랴 싶은데, 막내는 드렁드렁 코를 골고 있다. 그래서 그녀의 마음이 더욱 찢기는 듯하다. 젊은시절에 그녀는 절에 다녔다. 때 되면 절에 가고, 떠돌이중이 나타나면 알량한 곡식이라도 시주하는 것은 그 시절에는 누구나 하는 일이었다. 부처가 큰 복을 내려줄지는 알지도 못했고, 윤회니 해탈이니 하는 말은 그 뜻을 알지도 못했다. 늙은 불자가 갑자기 교회에 나가기 시작한 것은, 팔십이 넘어서의 일이다. 의사도 어쩔 수 없다는 '늙어 그런 병'을 교회 목사가 안수기도로 싹 고쳐준다는 말에 귀가 솔깃하기도 했거니와, 서방을 따라 교회에 다니는 막내가 천국 이야기를 귀에 박히도록 해준 것도 그 영향이기는 했겠지만, 무엇보다도 집사니 무엇이니 하는 동네 여자들의 살가운 행동이 그녀의 마음을 움직였다. 일요일이면 집으로 와 잘 걷지 못하는 그녀를 업어갔고, 밥을 먹여주었고, 다시 집에 데려다주었고, 기도를 하러 와주었으며, 머리도 잘라주러 오고, 놀러도 와주었다. 자식들에게는 그림자가 된 어미가 난데없이 그 여자들에게는 하느님의 귀한 종으로 한몫을 했다. 그녀는 새벽마다 기도를 했다. 한번도 읽어본 적 없는 성경을 앞에 놓고, 한번도 본 적 없는 하느님에게.

그러나 지금 잠든 막내 앞에 쪼그려앉아, 그녀는 누구를 불러야 할지 알 수가 없다. 하느님일까, 부처님일까. 아니면 새발자국을 남기고 간 남편일까. 코를 골던 막내가 이불을 끌어당긴다. 초여름 더워지는 날씨, 추워서는 아닐 터인데, 혹시 몸이 허전해서인가. 창문이 열려 있다는 것을 그녀는 그제야 알았다. 벽을 짚고 일어서 발돋움을 해 높은 창문을 닫으려는데, 그녀의 귀밑 머리카락이 흔들렸다. 바람이구나. 아이고, 바람이 좋기도 하여라…… 참으로 시원한 바람도 다 있구나. 창문을 닫아주러 일어섰다는 것도 잊은 채, 그녀는 발돋움한 그 자세로 창문턱을 붙들고 서 있었다. 그 잠깐 사이, 방 안은 그녀의 등뒤로 사라졌다. 바람이 하도 시원하여 이가 송송 빠진 그녀의 합죽입이 벙긋 벌어지고, 그 홀쭉한 입가에 웃음이 떠올랐다. 그녀의 인생은 이제 구멍이 넓은 대바구니 정도가 아니라 밑이 빠진 항아리꼴이었다. 담아둘 것이 없이 사라졌다. 그렇더라도 바람은 체의 구멍을 지나거나 밑빠진 항아리를 통과하면서도, 제 울음소리를 남긴

다. 그 바람은 그녀의 귀밑을 지나, 지금 어둠속에 완전히 잠긴 방 안으로 들어가 그녀가 깜빡 잊어버린 막내의 이마를 건드리기도 한다. 바람이 시원하기도 하여라. 온몸이 허전하여 깊은 잠결에도 악착같이 이불을 끌어 덮던, 눈물 젖은 얼굴, 막내의 입가에도 웃음이 번진다. 막내의 꿈속 하늘에서 무언가가 날아간다. 새일까, 아니면 바람일까. 막내도 오랜 세월이 흐르면, 자신의 이마를 건드리는 바람을 느낄 때마다 어찌하여 미소가 떠오르는지 곰곰 생각해봐야 할 날이 올 것이다. 그녀가 확실히 알 수 있는 것은 그때 그녀는 여기에 있지 않으리라는 사실뿐이다.

| 해설 |

'입술'이 없는 존재의 상처는 어디로 흘러가는가

정여울

1. 신음 없이 앓는 사람들

그녀의 소설은 독자의 등뒤를 겨냥하고 있다. 당신이 엉망으로 어질러놓고 나간 방, 혹은 당신이 무심코 내뱉은 말, 깊은 고민 없이 스쳐간 인연의 찰나적 마주침. 우리가 저버린 기억들을 사뿐히 지르밟고 돌아서는 순간, 어쩔 수 없이 뒤통수가 화끈거리는 것은 우리가 거쳐온 행위의 흔적 하나하나가 바로 '나'이기 때문이다. '나'와 '내가 남긴 흔적'은 본래 분리된 실체가 아님을, 우리는 어떤 행위의 증거도 인멸할 수 없음을, 우리는 불현듯 떠오르는 기억이 뒤통수를 후려칠 때에야 깨닫는다. 김인숙의 소설로 인해 우리는 '공식적 자아'와 '자아 아닌 것'의 경계를 심문당한다. 그녀의 소설 덕분에 우리는 내부와 외부, 자아와 타자,

낯선 것과 낯익은 것을 식별할 수 있는 능력을 기쁘게 잃어버리기 시작한다. 그녀는 거짓 치유와 극복의 연기를 믿지 않는다. 그녀의 정직한 절망은 그래서 독자를 기만하지 않는다.

　김인숙 소설 속 인물들은 저마다 결정적인 상실의 체험을 삶의 통주저음(通奏低音)으로 삼고 있다. 모두들 다양한 환경과 직업과 성격을 지녔지만 그들은 개체의 경계를 자신들도 모르게 지워버리고 마치 처음부터 무수한 샴쌍둥이들처럼 하나의 자궁에서 웅크리고 있었던 듯한, 소름끼치는 환각을 느끼게 만든다. 그들은 서로를 할퀴고 짓밟으며 자신의 상처가 더욱 아프다고 절규하지만 결국 같은 고통을 앓고 있는 사람들이다. 나아가 그들은 단지 '상실의 경험 때문에' 아픈 것이 아니라 그 아픔을 어떤 방식으로든 표현하지 않기 때문에 내면의 상처를 더욱 극대화시키는 존재들이기도 하다. 김인숙의 인물들은 성장이나 진보, 치유나 극복 같은 단어의 뉘앙스를 본능적으로 거부하는 존재들이다. 그들은 자신의 개성이나 인격이 아니라, 스스로의 '상처'가 지닌 고유의 무늬로 자신의 정체성을 만들어간다.

　원양어선을 타던 아버지와 홀로 아이들을 키운 엄마 사이에서 자란 여대생(「안녕, 엘레나」), 병역을 기피했을 뿐 아니라 모든 사회적 책임을 회피해왔던 아버지와 신경불안 증상을 보이는 어머니 사이에서 버려진 아이(「숨-악몽」), 평생 제 몫을 제대로 챙기지 못했던 쌍둥이 오빠와 아무런 열망 없이 누구의 여자도 되지 않고 홀로 늙어가는 여동생 사이에서 악착같이 살아온 여자(「어느 찬란한 오후」), 이혼하자마자 브라질로 떠나버린 엄마와 그런 엄마를 평생 원망해온 아버지 사이에서 자란 여자(「조동옥, 파비안느」), 아내와 딸을 외국으로 보내고 한달에 며칠씩은 공중에서 밤을 보내야 하는 중년의 파일럿(「현기증」), 자식만 주렁주렁 낳게 하고 밖으로만 떠돌던 남편을 저주하며 홀로 열두 명의 아이를 낳아야 했던 노파(「산너머 남촌에는」).

　이들 모두는 인생에서 더없이 소중한 것들을 눈앞에서 놓친 사람들이며, 단란한 가정을 꾸려본 경험이 없으며, 무엇보다도 자신의 고통을 자연스럽게 이야기하고 공감할 수 있는 대화의 경험이 거의 없는 사람들이다. 그중에서 돌출적인 자아는 「그날」의 주인공 이완용이지만, 김인숙의 붓끝이 빚어낸 이완용 또한 선악의 경계를 넘어 존재하며 지극히 그녀다운 인물로 재해석되어 있다. 김인숙이 그려낸 인물들은 모두 혀가 있으나 입술이 없는 존재로, 말할 수 있는 능력은 있지만 누구에게도 자신의 고통을 말하지 않는 존재로 그려진다. 그들은 일상 속에서 일종의 자발적 실어증을 앓고 있다. 그들은 살아가면서 겪는 상처를 자연스럽게 타인과 교감하고 소통할 수 있는 능력을 잃어버렸다. 말이 되어 흘러나오지 못하는 욕망의 내면지향성을 뚜렷하게 보여주는 전형적 인물이 바로 「숨-악몽」의 '아버지'다.

　　아버지는 천성적으로 수줍음이 많은 사람이었다. 뭔가 해야 할 말이 생기면, 그와 동시에 머리가 깨질 듯한 두통과 함께 얼굴이 달아올랐다. 해야 할 말이 심각할 때는 심장이 몸밖에서 뛰는 듯한 소리가 들렸고, 다리가 덜덜 떨리기도 했다. 학교에 다닐 때도, 군대에 있을 때도 그를 괴롭힌 것은 바로 그 '말'이었다. 그는 말을 피할 수만 있다면 무슨 일이든 했을 터이지만, 사실 결정적인 순간에 말을 피할 방법은 거의 없었고, 결과는 항상 가혹한 재앙으로 나타나게 마련이었다. 군대에서 고참들은 항상 그에게 대답을 요구했다. 그때마다 그는 머리가 깨질 것 같았고 얼굴이 터질 듯 붉어졌다. 질문은 아무 의미도 없는 것이었고, 어떻게 대답해도 결과는 마찬가지였겠지만, 그러나 그는 어떤 말이든 해야만 했다. 그가 다리를 덜덜 떨며 생각을 하는 동안, 첫번째 매질이 시작되었다. 그는 더욱 다급하게 생각에 생각을 거듭했다. 그러는 동안 두번째 매질, 세번째 매질이 이어졌다. 말은 생각으로 대체되고, 생각은 말의 타이밍을 점점 앗아가는 악순환이 계속되었다. 그리하여 마침내, 아버지는 생각 속으로 완전히 들어가 다시는 그 밖으로 나올 생각을 하지 않게 되었다. 그는 생각하고, 생각하고, 또 생각했다. 생각은 생각 속에서 과장되었고, 생각 속에서 기쁨이 되거나 슬픔이 되었다.(「숨, 악몽」 43면)

자신의 몽상 속으로 숨어들어가 다시는 빠져나오기를 원치 않는 아버지의 모습, 생각이 오직 생각 속에서 과장되고 변형되는 과정에서 오직 생각의 자기분열만 거듭하는 모습. 아버지는 이토록 예민하고 자폐적인 정신세계와는 어울리지 않게 엄청나게 관능적인 육체를 지닌 인간으로 묘사된다. 김인숙 소설에서 흥미로운 지점 중 하나는 '말이 되어 표출되지 못한 욕망'이 어떻게 육체의 기호로 표현되는가 하는 점이다. 가족에게 그 어떤 '의미있는 말'도 전해주지 않는 무기력한 아버지들은 엄청난 생식력으로 '말하지 못한 언어'를 뿜어내곤 한다. 「안녕, 엘레나」 「숨-악몽」 「산너머 남촌에는」 등의 아버지는 '가족을 향한 불성실'과 '강력한 성욕'을 마치 본능의 짝패처럼 동시에 지닌 인물들로 묘사된다. 언어의 과소상태와 육체의 과잉상태는 김인숙이 그리는 아버지들의 흥미로운 공통분모다. 이 무책임한 아버지들이 단 한 번이라도 할퀴고 간 존재의 상처는 굳이 '말'이 되어 발화되지 않더라도 존재의 어딘가를 바지런히 부식시키고 있다. 김인숙이 그리는 여인들은 이 '말이 되지 못한 고통'의 몸짓을 온몸의 세포 곳곳에 지뢰처럼 숨겨놓은 존재들이다.

2. 마음의 침묵을 깨뜨리는 몸의 파열음

언어는 분명 인간이 지니고 있는 칼이지만 언어는 또한 인간이 베일 수 있는 칼이다(박준상 『빈 중심』, 그린비 2008, 29면). 인간은 언어라는 기호체계를 통해 자연을 분석하고 정복해왔지만 언어에 의해 함락될 수도 있다. 아무것도 책임지기 싫어하는 아버지, 국가의 명령이라는 최고권력의 언어(입대)를 거부하는 아버지(「숨, 악몽」)는 말에 베이지 않기 위해 몸부림치는 인간의 전형이다. 그러나 이 상처는 정작 타인(아내)에게 전가되고 아내가 짊어지지 못한 삶은 아이에게 전가된다. 언어를 거부하는 아버지들과 언어 속에서 찢기며 그럼에도 불구하고 언어를 끌어안는 어머니들의, 승패 없는 대립. 아버지는 일상적 언어의 세계에 편입되지 않고 사회적 언어가 부과하는 명령체계에 갇히지 않지만, 자기 안에서 분출되는, 미처 언어가 되지 못한 욕망까지 막아내지는 못한다. 언어에 의해 끊임없이 베이는 존재이기를 거부하는 아버지는 공식적 언어의 기호체계가 일일이 가닿을 수 없는 은밀한 몸의 유희 속으로 흔적없이 저물어가길 원했다. 아버지가 쎅스에 탐닉하는 것은 '에로티씨즘을 통해 순간적이나마 언어를 망각하는 과정'(박준상, 같은 책 32면)이다. 아버지는 언어를 망각하기 위해 오직 쎅스라는 몸짓으로 존재를 몰입하여 자아를 상실하고자 한다.

젊은시절, 아버지는 몸이 좋은 청년이었다. 아버지가 팔년이나 미뤄 군대에 갔을 때, 그의 선임들을 순식간에 사납게 만들어버린 이유 중 하나는 그의 몸이었다. 그토록 좋은 몸을 나라에 바치지 않고, 의무와 고난과 굴욕과 고통과 영광에 바치지 않고, 오직 계집질과 새끼 싸지르는 짓에 바쳤다는 것을 고참들은 용납할 수 없었다. 그 좋은 몸이 누렸을 육체의 미칠 듯한 짜릿함이 상상만으로도 그들을 환장하게 만들었다. 그리하여 질투와 분노와 관음증과 가학이 뒤섞여 마치 끓는 가마솥 같았던 그곳에서, 아버지는 생각 따위는 하나도 없는 그저 살덩어리로 취급받았다. (…) 면회를 온 만삭의 어머니에게도 자신의 성기를 삽입하는 것 외에는 관심이 없던 아버지는 자식이 태어난 후 휴가를 받아 집에 돌아와서도 역시 그 짓 말고는 다른 관심이 없었다. 그는 할 수 있는 만큼 했고, 그럴 수 없을 때는 집 마당의 역기를 드는 것으로 열을 삭였다. 그는 거의 온종일을 역기 아래에 있었다. 수축과 이완을 거듭한 이두와 삼두박근이 스스로의 결에 상처를 입히고 그 상처를 회복하면서 더욱 단단해졌다. 기름이 쭉 빠진 그의 몸에서 근육이 결결이 살아났다. 몸은 세상의 그 무엇보다도 정직하게 자신의 상처에 반응했고, 그 상처 자리에 아름다운 근육의 결을 남겼다.
(「숨-악몽」 51면)

병역을 기피함으로써 시작된 아버지의 '언어로부터의 탈주'는 스스로의 자아를 사회적 명령체계에 끼워맞추지 않으려는 몸부림이었지만, 그 거부의 대가는 온전히 홀로 남은 어머니의 몫이었다. 아버지가 견디지 못한 삶의 무게는 어머니에게 전가되고, 어머니가 버티지 못한 삶의 공포는 결국 아들에게 전가된다. 「숨-악몽」의 화자는 결국 아버지가 군대에 끌려가 있는 동안 도저히 삶의 무게를 감당할 수 없었던 어머니가 죽인 아들의 영혼임이 밝혀진다. 아들은 보이지 않는 영혼의 썰루엣으로 남아, 어머니마저 죽은 후의 아버지의 삶을 추적하며, 그들 가족이 미처 다 써내려가지 못한 미완의 오디쎄이를 기억하고 기록하는 존재다. 죽은 영혼의 속삭임은 '글'의 형태나 '말'의 형태로 기록되지 않지만, 뿔뿔이 흩어지거나 죽어버린 가족들의 못다한 삶의 서사를 끝내 조각조각 이어맞추어 이야기의 꼴라주로 만드는 것은 결국 죽은 아들의 영혼이다.

「어느 찬란한 오후」에서는 한사람이 회피한 인생이 어떤 방식으로든 되돌아와 타인의 삶에 지울 수 없는 흔적을 남기는 과정이 형상화되어 있다. 쌍둥이로 태어났지만 혹시나 자신의 '몫'을 쌍둥이 오빠에게 빼앗길까봐 전전긍긍하며 살아왔던 '나'(쌍둥이 여동생 병숙) 대신, 그녀가 거부한 쌍둥이의 운명을 대신 짊어진 것은 막내동생(병희)였다. 삼남매 중 가장 생활력이 뛰어났던 병숙은 유복한 삶을 살지만, 자신이 뱃속에서부터 경쟁했던 쌍둥이 오빠 병욱에 대한 운명적 부채감을 떨쳐버리지 못한다. 늘 적자에 허덕이는 치킨집을 간신히 운영하며 병약한 신체를 화인(火印)처럼 껴안고 살아가는 오빠 병욱을 가장 잘 이해하는 것은 막내동생 병희다. 병희는 정작 쌍둥이 여동생인 병숙보다도 오히려 병욱의 '말하지 못한 언어'를 절실하게 교감하는 존재다.

오래전 그들은 공항 근처에서 한동안 산 적이 있었다. (…) 병희는 베란다에서 살다시피 했고, 바깥으로 나가서는 온갖 것들을 주워들였다. 사금파리부터 녹슨 콜라병 뚜껑까지 손에 닿는 무엇이든 주워와 그것이 비행기에서 떨어진 것이라고 말했다. (…) 병희의 말에 따르면 날아가는 비행기에서 쿵 하고 뭔가가 떨어졌는데 그것이 벌떡 일어나더니 엄마를 부르며 달려가기 시작하더라는 것이다. 몸집이 아주 작은 아이였다고 했다. 아이는 너무 작고 비행기는 너무 빨리 날아갔기 때문에 아이는 그때부터 지금까지 비행기를 쫓아 달리느라고 쉴 틈이 없다고도 했다. 아무도 믿지 않는 그런 말을 해놓고는, 병희는 그날밤부터 나쁜 꿈을 꾸기 시작했다. 밤마다 비명을 지르고 깨어 일어나 베란다로 달려나가서는 저기 그 아이가 달려가고 있다고 다시 소리를 질렀다. 저 아이가 내 꿈속에서 나와 지금은 저기서 달리고 있네! 자꾸 가위에 눌리는 병희 때문에 덩달아 잠자리를 설치곤 하던 식구들은 병희를 따라 베란다에 나가 어두운 벌판을 내다보았다. 병숙은 그녀의 어머니 아버지와 마찬가지로 아무것도 볼 수 없었지만, 승욱이 병희와 같은 것을 보고 있음은 알 수 있었다. 승욱은 병희의 손을 꼭 잡고, 병희가 바라보는 곳을 같이 보고 있었다.

 그들은 마치 한몸에서 뻗어나온 오래된 가지와 새순 같았다. 군대에 간 승욱이 식구들도 모르게 맹장수술을 했을 때, 복부가 찢겨져나가는 통증을 느낀 것은 병숙이 아니라 병희였을 것이다. (「어느 찬란한 오후」 80~81면)

그들이 낳지 못한 꿈, 병희와 승욱이 잉태하지 못한 꿈은, 환상 속의 아이가 되어 아직도 이 세상 끝까지 달려가고 있을 것만 같다. "저 아이가 내 꿈속에서 나와 지금은 저기서 달리고 있네!"라고 외치는 병희는 이미 알고 있다. 병숙이 거부했던 쌍둥이의 운명이 병희에게 전이되었다는 것을. 병숙은 어느날 불쑥 이런 질문을 한다. 우리 모두가 다 함께 시간을 되돌릴 수 있다면, 인생을 처음부터 다시 시작할 수 있다면, 나는 무엇이 되고 싶을까. 병희는 마치 오래전부터 언니의 무의식을 꿰뚫어보고 있었다는 듯이 단칼에 잘라 말한다. "그럴 수 있다면 언니는 혼자서 태어나고 싶을 거야. 그 말을 듣는 순간 병숙의 가슴에서 구멍이 열리는 듯했다. 아주 오래전부터 있었던 구멍의 봉인이 풀려, 회오리 같은 바람이 쑥 지나가는 듯도 했다."(「어느 찬란한 오후」) 병숙은 불쑥불쑥 원인을 진단할 수 없는 노여움에 시달리곤 했는데, 그 공허한 노여움의 정체를 이미 막내동생 병희는 알고 있었던 것이다. 그것은 단지 구체적인 고통의 기억이 아니라, 자신이 쌍둥이로 태어났지만 그 운명을 거부하고 싶었기 때문만도 아니라, "좀더 근본적인 것, 태어난 곳을 바라보는 문제일지도 모른다"(「어느 찬란한 오후」). '태어난 곳을 바라보는 시선', 이것이 바로 김인숙의 인물들이 지난한 우여곡절 끝에 마주하게 되는 존재의 문턱이다.

> 그녀는 그녀의 성장기 전체 모든 순간에서 그녀의 형제를 기억하는 것만큼이나, 자궁 속에서의 시간들까지도 기억했다. 기억은 의지가 아니라, 그저 간직되는 것이다. 표현할 수는 없지만 병숙은 자신의 존재가 시작되던 순간, 또 하나의 존재가 같은 통증을 느꼈다는 것을 알았다. 그리고 그 통증이 평생 동안 가게 되리라는 것도 알았다. 어느날 자신이 몹시 아프게 된다면, 승욱도 같은 크기의 고통을 겪으리라고 그녀는 믿었다.
> (「어느 찬란한 오후」 73면)

태어나기 이전의 세계, 운명의 빛깔과 형태가 아직 결정되지 않았던 세계를 기억해내는 것. 그리하여 쌍둥이 오빠와 쌍둥이 누이 사이의 '존재의 경계'조차 구획되기 이전의 세계를 기억해내기. 그것은 상처를 주고받은 채권자와 채무자가 완전히 분리된 주체와 타자가 아니라는 것, 상처를 주고받는 존재 모두가 결국 처음부터 동일한 운명의 태반 위에 자리하고 있었다는 깨달음이 아닐까.

3. 승화 없는 탈주, 망아의 희열

김인숙이 빚어낸 인물들은 얼핏 치명적인 상실 때문에 영혼의 건강을 잃은 존재들처럼 보인다. 그러나 이들이 다다른 곳은 결국 '상실에 대한 원한'이 아니라 '끊임없는 상실 자체가 삶'임을 긍정하는 차원이다. 이 거대한 긍정의 차원에서 바라보면 '상실' 그 자체는 어쩌면 아무런 '변수'가 되지 못한다. 상실 자체만 고통스러운 것이 아니라, 상실로부터 아무것도 피워올리지 못하는 것, 상처로부터 아무것도 생성하지 못하는 것이 영혼의 볼모성이다. 김인숙이 그려낸 어머니들은 그런 의미에서 이 '영혼의 볼모성'을, 자신의 삶 전체를 담보로 하여 극복하는 존재들이다. 일방적인 희생으로 일관하는 맹목적 모성이 아니라, 이 세계에서 살아남기 위해 버려진 모든 것들을, 그 '쓸모없음'에 구애받지 않고 가만히 내 안에 담아두는 것. 나아가 버려진 것들이 다시 살아나 피워올릴 새로운 삶을 준비하는 사람들. 그들이 김인숙이 그려낸 어머니들이다.

특히 「조동옥, 파비안느」의 어머니는 그런 의미에서 우리 시대의 피투성이 피에타라 할 만하다. 이 피에 젖은 피에타는 위대한 모성의 구현자이기 때문이 아니라 모성을 거부하는 듯한 포즈 때문에 오히려 더욱 비극적인 존재다. 조동옥, 파비안느의 기억은 휴머니즘이나 페미니즘으로 깔끔하게 재단될 수 없는, '어머니'라 불릴 수도 없는 '그저 한 여자'의 욕설 같은 삶이다. 흙속에 파묻힌 존재들에 매력을 느끼는 '딸'은 어머니 조동옥이 아버지와 이혼 후 브라질로 떠나버린 이유를 모른 척하고 살아왔다. 어머니가 떠난 진짜 이유는 단지 아버지와 이혼했기 때문이 아니라 딸이 열다섯에 낳은 아비 없는 아이를 '버리지 않기 위해서'였다. 딸은 자신이 낳았던 아기를 '성령'의 힘이라고 믿고 싶지만, 제발 어머니가 자신이 낳은 아기를 흔적없이 버려주기를 바랐지만, 어머니 조동옥은 '파비안느'라는 낯선 이름으로 낯선 땅 브라질에서 단 한 번의 편지도 보내지 않은 채 딸의 아이를 자신의 아이로 키웠다. 그녀가 비석에 새겨진 묘지명이나 흙속에 파묻힌 온갖 잡동사니에 병적인 집착을 보였던 것은, 어쩌면 그녀 자신이 가장 봉인하고 싶었던 기억을 마음 깊은 곳에서는 진정으로 파묻지 못했던 상황의 알레고리가 아닐까. 그녀는 외적에게 몸을 주기 위해 머리채를 붙잡혀 끌려간 딸을 잊지 못하고, 외적에게 딸을 빼앗긴 '통입골수(痛入骨髓)'의 한을 안고 죽어간 수령옹주의 묘지명에 매혹된다.

수령옹주가 딸을 잃고 겪었을 통입골수의 고통은 파비안느가 되기 위해 조동옥을 버려야 했던 어머니, 딸의 아이를 버리지 않기 위해 딸을 버려야 했던 어머니라는 여자의 말할 수 없는 고통과 함께, 그리고 어머니가 되는 것이 무엇인지도 알지 못한 채 핏덩이를 낳자마자 그 사실을 숨기고 아무 일 없는 듯 살아가야 했던 딸의 고통과 함께, 같은 별자리 위의 다른 별들처럼 독자의 가슴에 아로새겨진다. '수령옹주-조동옥-그녀의 딸'의 계보는 가장 사랑하는 것을 잃어버리고도 아픈 시늉조차 할 수 없었던 존재들의 계보다. 조동옥, 파비안느라는 한 여자는 스스로를 '개잡년'이라고 지칭하며, 욕설도 농담처럼 가볍게 해치우며, 인생이라는 거대한 농담을 질기게 살아냈다.

조동옥, 파비안느는 머나먼 나라에서 매일 타인의 더러운 빨래들을 눈부시게 세탁해가며, 다시는 만날 수 없는 딸의 인생에 새겨진 치명적인 얼룩도 함께 비벼빨았다. 이 모든 것을 알게 해준 것은 조동옥의 아이로 자라난, 조동옥의 딸이 낳은 아이가 보내준 포르투갈어로 쓴 편지 덕분이다. 그녀는 한번도 배워본 적 없는 포르투갈어로 쓰인, 그녀의 생물학적 아이가 쓴 편지를 더듬더듬 해독해나가며, 잃어버린 어머니를 잃어버린 아이와 함께 고스란히 되찾는다. 그들은 삶을 함께하지 못했지만 '조동옥, 파비안느'라는 한 여자의 욕설 같은 삶을 기억함으로써 영혼의 탯줄을 공유한다.

그날 박물관에서 돌아오는 길에, 그녀는 편지를 땅에 묻었다. 어느날 흙에 묻힌 참빗을 발견했던, 옛날 살던 동네의 공터는 이제 주택단지가 되었다. 노란 불빛이 따듯하게 번져나오는 그곳의 집들에는 어미가 살 것이고 딸이 살 것이고, 그 딸의 머리에는 오래전 그녀의 머리에서 어머니가 참빗으로 긁어냈던 이 같은 것도 살 것이다. (…) 천년이 흐른 뒤, 누군가가 그 편지를 발견한다면, 그녀가 수령옹주의 묘지를 해독하기 위해 글자 한자 한자를 쪼아냈던 것처럼, 그 묵은 글자들을 해독하기 위해 밤을 새울 것이다. 그리하여 그녀는 편지의 여백에 한 문장을 덧붙인다.

나의 아기야.

그러고는 미진하여, 다시 한 문장.

痛入骨髓, 통입골수.

아마 바로 그 순간이었을 것이다. 중앙박물관 금석문실에서 본 것이 다시 그녀의 눈앞에 나타났다. 사람들의 줄에 밀리느라 한걸음 뒤로 물러선 자리에서 바라보았던 것, 그것은 전시실의 유리에 비친 아이를 안은 어미의 모습이었다. (…) 양쪽 팔에 아이를 하나씩 안고, 도도하지도 연약하지도 천박하지도 않게 웃고 있는 그 여인은, 그 씩씩한 팔을 흔들며 사람들을 지나 유리 안으로 걸어들어가고 있었다. 생의 마지막 십육년 동안을 개잡년으로 보냈으나, 누구도 그를 개잡년이라고 생각하지 않은, 바로 그녀의 어머니, 조동옥, 파비안느였다. (「조동옥, 파비안느」 118~19면)

조동옥의 딸, '그녀'는 한번도 안아보지 못한 아이의 편지를 땅에 묻음으로써 기억을 봉인시킨다. 삽 따위로는 파낼 수 없는 기억의 심연 속으로, 존재의 영원한 상처를 묻는다. 그것은 '기억의 사멸'이 아니라 오랜 뒤에 다시 '기억되기 위한 감춤'이다. 그녀는 결혼을 하고 아이를 낳아 또다시 새로운 삶을 시작할 것이다. 그녀가 성령으로 낳은 아이가 포르투갈어로 어머니의 십육년을 기술하고 그녀는 그 포르투갈어로 된 암호 같은 편지를 해독하여 어머니의 잃어버린 십육년을 되찾았듯이. 그녀는 스스로 비밀이 되어 저물어감으로써 자신의 삶이 이해되고 극복될 수 있다는 환상을 내려놓는다. 기억을 애써 회피하거나 기억 자체를 삭제하는 것은 결코 기억으로부터의 자유가 아님을 알기에. 그녀는 먼 옛날의 수령옹주가 통입골수의 아픔을 땅속에 묻었듯 그녀의 자식과 어머니를 영혼의 지평선 아래로 조용히 파묻는다. 수령옹주가 딸을 잃은 슬픔이 통입골수의 한이 되어 수백년 뒤 그녀를 울리듯이, 그녀의 통입골수의 아픔은 또다시 천년 뒤 이름 모를 딸과 어미 들에게 전해질 것이다. 스스로 땅속에 묻혀 이름없는 유물이 됨으로써 그녀는 자신을 괴롭혀왔던 그 악몽, 그 불가해한 이명(耳鳴)을 잠재운다.

  존재는 그렇게 흔적을 남긴다. 언어의 세계에 포획되지 않았던 남편, 객지에서 살다가 객지에서 죽어버려 증오도 용서도 할 수 없었던 남편은 어린 막내의 이마 위에 보이지 않는 '새발자국'을 남겼고(「산너머 남촌에는」), 딸에게 돌아오지 않고 딸의 아이를 몰래 키우기 위해 브라질로 떠나버린 어머니는 딸의 가슴에 포르투갈어로 된 해독 불능의 편지를 남겨놓았으며(「조동옥, 파비안느」) 함께 창공을 비행하다 추락사한 친구의 죽음은 홀로 살아남은 중년남자의 가슴에 메울 수 없는 영혼의 동굴을 파놓았다(「현기증」). 상실의 흉터는 조금씩 아물어가겠지만 상처가 아가리를 벌리던 그 순간의 피비린내와 베인 상처의 잔혹한 통증은 그들의 가슴속 어디에선가 휘몰아치는 회오리로 남아 있다. 그리하여 그들은 생을 유체이탈하여 생을 바라보는, 높이도 깊이도 없는 시선을 지니게 되었다.

그들은 마침내 깨닫는다. "나는 영원히 끝나지 않을 이야기, 모든 것의 원인이며 모든 것의 결과"(「조동옥, 파비안느」)임을. 이것은 착한 사람이나 노여운 사람이나 가여운 사람이나 쳐죽일 놈이나 빠짐없이 적용되는 생의 상처다. 이것은 고통 때문에 생긴 상처가 아니라, 살아 있다는 것 그 자체가 광대한 상처의 일부임을 깨닫는 자의 미소, 벗어날 수 없는 운명을 긍정하는 자의 여유다. 우리의 에고는 치료되거나 발견되기를 기다리는 본질적인 자아가 아니다. 나를 구성하는 욕망의 흔들림, 영원히 유동하는 에고. 죽음에 임박해서도 결코 정리되거나 의미화되지 않는 삶의 매트릭스, 영혼의 흔들리는 태반과 만나는 것이다. 우리는 언어를 사용해야만 사회적으로 소통할 수 있는 세계 속에 살아가지만, 굳이 언어를 사용하지 않아도 무의식적으로 욕망을 표현하고 있다. 우리의 몸짓 하나하나 숨소리 하나하나가 욕망의 웅어리가 된다. '적절한 자아'를 갖기 위해 내버린 '부적절한 자아'의 몸부림, '깨끗한 자아'를 갖기 위해 저버린 '불결한

자아'의 기억들은, 영원히 우리의 삶 곁에서 배회하며 서성이고 있다.

그리하여 아무것도 전적으로 사라지지는 않는다. 한때 내 안의 일부였던 자아는 '나라고 믿어지는 나'의 경계를 끊임없이 침범하고 언젠가는 그 견고한 자아를 해체시킬 것이다. 은밀하고 친숙하면서도 기이한 것, 억압당할 때마다 더욱 선연하게 도드라지는 욕망의 얼굴로. 인간이 사건을 지배하는 것이 아니라 사건이 인간을 지배한다. 우리는 사건을 재구성하고 기록하고 삭제하지만 결코 기록되지 못한 사건들은 우리의 육체에 각인된 흔적으로 제2의 삶을 살아간다.

이 세상에서 죽어 완전히 사라지는 것은 없다는 것을, 입이 없는 것이라고 존재하지 않는 것은 아니라는 것을, 입이 없으면 입보다 오히려 정직한 몸의 흔적이, 생명의 꿈틀거림이 존재의 흔적을 남길 것이라고. 아무리 흔적을 지우고 버리고 태우더라도, 흔적은 생명과 생명 아닌 것 사이에서 흔들리며 영원히 우리에게 말을 걸 것이다. 평생 원양어선을 타며 집 밖을 떠돌던 아버지가, 어머니가 떠나고 나서야 집 안으로 들어와 하염없이 늘어놓는 자못 수다스러운 고해처럼. 김인숙의 소설은 우리가 잃어버린 수많은 엘레나'들'의 이야기들, 우리가 모른 척하고 있었던 수많은 파비안느'들'의 이야기들을 풀어놓을 것이다. 그 남자들은 그 여자들을 버렸지만, 그 여자들도 지지 않고 못지않게 그 남자들을 버렸지만, 그들이 못다한 이야기들은 '소설'이라 불리는 아름다운 누더기를 걸치고 언제든 우리 앞에 부활할 것이다.

니체의 말처럼, 이 세계에 태어나 한번이라도 '움직인' 것들은, 마치 호박(琥珀) 속에 화석이 되어 털끝 하나 다치지 않고 남아 있는 곤충처럼, 존재와 존재 사이에 얽힌 불가해한 운명의 네트워크 속에서 그 어떤 식으로든, 질기게 살아남을 것이다.

배를 타본 사람들은 알아. 흔들리지 않고는 견디지 못하는 걸 안단 말이야. 배에서 내려 항구에 발을 디디면, 원 세상에, 그때부터 멀미가 시작된다니까. 흔들리는 다리가 흔들리지 않은 땅에 서 있으니, 견디질 못하겠는 거지. 그래서 선원들이 비뚤비뚤 걸어. 다들 배꼽을 빼지. 그런데 엘레나…… (…) 그 몸을 타고 있으면 출렁출렁했거든. 근사했지. 참 좋은 여자였어. 얼마든지 절 타게 해줬거든. 내가 원하기만 했으면 평생토록 타고 있게 해줬을 거야. 제 이름도 엘레난데, 딸 이름도 엘레나라고 붙였어. 그 나라가 그래. (…) 난 돌아가야 하니까. 내가 아무리 뱃놈에 잡놈이라도 그 정도는 알아. 돌아는 가야지. 돌아가서, 내 마누라 내 새끼들하고 지지고 볶으며 살아야지. 나도 그 정도는 안단 말이야. 물론 미안했지. 어떻게 미안하지 않을 수 있어. 항구에는 말이야, 미안해서 어쩔 줄 모르는 사람이랑, 그 미안함 때문에 출렁거리지 않고는 견디지 못하는 사람들투성이야. 지 것 남의 것 가리지 않고 어린 새끼들을 끌어안고는, 술냄새가 푹푹 나는 입김을 그 어린것들의 귓불에 쏟아부어가면서 우는 거야. 그게 참 꼴같지 않긴 해. 울면서 한다는 소리가, 미안하다, 미안하다…… 내가 사람이어서 미안하다⋯⋯ (⋯) 살아 있는 모든 것은 살아 있는 무언가에 대해서 미안한 거야. (「안녕, 엘레나」 24~25면)

정여울 | 문학평론가

| 작가의 말 |

 집 안에 화분이 하나 있다. 몇년 전에 화분이 처음 집으로 올 때는 이름표가 꽂혀 있었다. 외우기 어려운 꽃이름이 아니라고 여겨 얼마 후 그 이름표를 빼내버렸는데, 쉽게 기억해 잊어버리지 않을 줄 알았던 그 이름을 지금은 잊어버렸다. 내 허리에도 키가 미치지 않을 만큼 작은 나무이다. 이 글을 쓰면서 그 화분을 바라보고 있는데, 이름을 잊어버렸으니 무엇이라 부를 수도 없게 된 저것을 나무라 불러도 좋은지, 화초라 불러야 하는지, 턱없이도 꽃이라 불러야 하는지도 잘 모르겠다. 몇년 동안 꽃을 피워본 적이 없으니, 꽃이라 부르면 안될 것만은 분명한 듯싶다.
 박스를 만드는 회사에 다니는 큰오빠의 거래처 중에 꽃과 나무를 파는 곳이 있다고 했다. 오빠는 박스를 납품하는 날 크고 작은 화분들을 얻어와 베란다에 늘어놓고 동생들을 기다렸다. 동

생들은 오빠의 집에 가서 오만가지 꽃들을 가져왔다. 주로 꽃잎이 활짝 핀 작은 꽃들이 많았다. 그런 날이면 내 좁은 집 안이 꽃으로 활짝 폈다. 그러나 오래 가지는 않았다. 화초를 잘 가꾸는 내 어머니와는 달리, 그리고 역시 화초를 좋아하는 내 오빠와는 달리, 나는 그쪽으로 영 소질이 없었다. 물을 넉넉히 주면 늘어져 죽고, 물을 아껴 주면 말라 죽었다. 며칠이면 그냥 끝장이었다. 꽃을 받아올 때의 화사한 기쁨이 큰 만큼, 죽은 꽃을 내다버리는 기분도 만만치 않게 고약했다. 덜 죽은 꽃을 내다버리는 것이 죄라 여겨져, 꽃은 집 안에서 다 죽을 때까지 말라비틀어졌다. 살리려고 기를 쓰는가 하면 그렇지도 않았다. 그저 내다버려도 죄스럽지 않을 만큼 시간이 흐르기를 기다릴 뿐이었다.

지금 바라보고 있는 저 화분, 뭐라 이름불러야 할지 모르는, 나무인지 무엇인지가 내 집 안에서 지금까지 살아남은 유일한 것이다. 놀랍게도 저것은 물을 안 줘도 살고, 물을 줘도 산다. 까맣게 잊어버리고 있다가 바라봐도 살아 있고, 그렇게 잊어버리고 있었던 것에 깜짝 놀라 한 바가지 물을 쏟아부어줘도 물 먹기 전이나 달라지는 것도 없다. 기억이 맞다면, 집에 온 후로 자라지도 않았고 잎을 떨군 적도 없다. 그래서 가끔 툭툭 건드려본다. 너 살아 있는 건 맞니? 물어보는 심정이다. 이렇게 쓰고 있는 지금, 자꾸 그 화분을 곁눈질로 바라보며 미안해진다. 그것도 아주 많이 미안하다.

같은 집에서, 우리는 너무 무심하구나.

"말이 길어지면 허접한 법이네"라고, 이 책에 실린 소설의 주인공을 통해 말했었다. "마음으로 안되면 다행히 말이란 게 있으니, 말로써 용서한다 해라"라고 또다른 주인공을 통해 말하기도 했다. 한편 한편을 쓸 때는 알지 못했는데, 모아보니 보이는 것이 있다. 시간이다. 시간 속에서, 내가 놓지 못하고 있는 말들이다. 놓지 못하되 어째 허접스러운 것 같고, 미련이 남는 말들이다. 간결해지기를 바랐으나 쉽지 않았던 모양이다. 불가능한 소망이겠으나, 말은 사라지고 글만 남을 수 있기를 꿈꾸기도 했었다. 말도 사라지고 글도 사라지기를 바라지는 못했으니, 아직 도에 이르지는 못했거니와 도를 꿈꾸지도 못하는 것이다. 농담이다. 도라니…… 그런 건 생각해본 적도 없다.

같은 집에서 같이 사는 나무에게도 무심한 나는, 무엇에는 무심하지 않은가 생각해본다. 절대로 조금도 미안하지 않다고 말할 수 있는 대상이 없다. 다행인 것은 나 자신에게도 그렇다. 그래서 또 쓰는 모양이다. 혹은 또 중얼중얼 말하거나.

감사해야 할 사람은 많다. 감사해야 할 꽃과 나무, 흙과 물, 바람과 하늘, 그리고 기억 들도 많다. 그러나 줄여야겠다. 이것이 고작 나의 간결함이다.

2009년 9월
김인숙

| 수록작품 발표지면 |

안녕, 엘레나　　　　　『한국문학』 2009년 봄호

숨-악몽　　　　　　　『문학동네』 2007년 겨울호

어느 찬란한 오후　　　『현대문학』 2005년 7월호

조동옥, 파비안느　　　『창작과비평』 2006년 봄호

그날　　　　　　　　　『현대문학』 2007년 1월호

현기증　　　　　　　　『한국문학』 2006년 여름호

산너머 남촌에는　　　　『문장 웹진』 2008년 5월호

안녕, 엘레나

초판 1쇄 발행/2009년 10월 5일
초판 6쇄 발행/2011년 3월 15일

지은이/김인숙
펴낸이/고세현
책임편집/황혜숙
펴낸곳/(주)창비
등록/1986년 8월 5일 제85호
주소/413-756 경기도 파주시 교하읍 문발리 513-11
전화/031-955-3333
팩시밀리/영업 031-955-3399 · 편집 031-955-3400
홈페이지/www.changbi.com
전자우편/literat@changbi.com
인쇄처/한교원색

ⓒ 김인숙 2009
ISBN 978-89-364-3710-7 03810

* 이 책 내용의 전부 또는 일부를 재사용하려면
  반드시 저작권자와 창비 양측의 동의를 받아야 합니다.
* 책값은 뒤표지에 표시되어 있습니다.